RETROUVEZ Le Club des Cinq
DANS LA BIBLIOTHÈQUE ROSE

Le Club des Cinq

Les Cinq et le trésor de Roquépine

Une nouvelle aventure
des personnages créés par Enid Blyton
racontée par Claude Voilier

Illustrations d'Anne Bozellec

HACHETTE

CONNAIS-TU LES CINQ ?

Si Claude Dorsel, ses cousins Gauthier et le chien Dagobert — qui constituent le Club des Cinq — sont pour toi de vieilles connaissances, tourne la page et plonge-toi tout de suite dans le récit de leurs nouvelles aventures.

Sinon... permets-moi de te présenter nos héros !

Claude est une fringante brune de onze ans, aux cheveux courts, hardie jusqu'à la témérité, aux manières garçonnières mais au cœur d'or... Mick, du même âge qu'elle, vif et dynamique, lui ressemble un peu. François, blond, athlétique et très raisonnable pour ses treize ans, modère souvent les élans de ses cadets. Annie, douce, aimable et blonde aussi, est la benjamine avec ses « presque dix ans ».

Dagobert enfin, dit Dag ou Dago, est le chien de Claude. Il ne la quitte jamais. Qu'il s'agisse de débrouiller une énigme policière ou de foncer, tête baissée, dans l'aventure, il est de toutes les entreprises, aussi fureteur et décidé que les quatre cousins.

Maintenant que tu connais les Cinq, allons vite les rejoindre !

Chapitre 1

Le secret des Templiers

Claude et ses cousins pédalaient sans trop d'ardeur sur la route blanche qui, tournant le dos à la mer, s'enfonçait à l'intérieur des terres. Le soleil tapait dur. Dag, malin, était le seul à profiter de la promenade sans se donner de mal : il trônait, la truffe au vent, sur le porte-bagages de sa maîtresse.

« Tu sais, Claude, dit François, je suis bien content que ton père ait décidé de rester à Kernach pendant ces vacances. Cela va nous permettre de visiter la région plus à fond.

— Je me plais beaucoup aux *Mouettes,* affirma de son côté Annie. Avec tous les déplacements d'oncle Henri, il y a longtemps que nous n'y étions venus !

— C'est vrai ! renchérit Mick. Les voyages ont beau former la jeunesse, j'aime bien rester tranquille de temps à autre. »

Henri Dorsel, le père de Claude, était un savant connu. Au moment des vacances, il emmenait souvent sa fille et ses neveux avec lui, à l'occasion de tel ou tel congrès scientifique. Mais, cette année-là, ayant un ouvrage à écrire, il avait décidé de ne pas bouger de sa villa de Kernach. Sa femme, comme les enfants, en était fort satisfaite.

« Je suis de votre avis ! déclara Claude. Moi aussi, j'aime bien profiter des agréments de la région. On peut se baigner et faire du bateau tous les jours.

— Ou encore excursionner comme aujourd'hui ! dit Mick.

— Comment s'appelle le manoir que nous allons visiter ? demanda Annie. Je l'ai oublié...

— Le château de Roquépine ! répondit Claude. Il s'agit d'une forteresse moyenâgeuse que je connais pour être passée devant, mais où je vais entrer pour la première fois.

— J'adore visiter les vieilles ruines ! affirma François.

— Eh bien, tu pourras t'adonner à ce genre de sport d'ici deux minutes ! annonça Claude en sautant de sa selle. Nous voici arrivés ! »

Deux minutes plus tard, en effet, les Cinq, mêlés aux touristes d'un car d'excursion, emboîtaient le pas au guide du château de Roquépine.

Passionnés d'histoire, François, Claude et

Mick écoutaient de toutes leurs oreilles. Annie, moins intéressée, d'une seule ! Quant à Dag, il n'écoutait pas du tout, mais humait avec délice mille odeurs — de mulots en particulier — qui lui chatouillaient agréablement les narines.

« Ce château, entreprit d'expliquer le guide, appartenait, sous Philippe le Bel, au comte Hilaire de Roquépine. Ce seigneur passait pour être détenteur d'une fortune colossale... une fortune tellement fabuleuse qu'elle défiait toute espèce d'estimation. »

Une Américaine, à côté d'Annie, poussa un « Aôh ! » à la fois admiratif et respectueux. Par politesse, Dago émit un sonore « Ouah ! » en écho. Claude et ses cousins sourirent. Le guide fit les gros yeux dans leur direction, puis reprit ses explications.

« J'ai bien dit : une fortune colossale ! Mais ce n'était, entre ses mains, qu'un dépôt ! Vous avez tous entendu parler de l'ordre fameux des Templiers. Cette puissante confrérie, riche et redoutée, portait ombrage au roi de France, Philippe le Bel, qui, en octobre 1307, confisqua les biens des Templiers et fit arrêter Jacques de Molay, leur grand maître. Or, les Templiers possédaient un fabuleux trésor... »

Le guide s'interrompit brusquement pour parcourir des yeux son auditoire. Au mot de « trésor », chacun s'était immobilisé et dressait l'oreille, attendant la suite...

Satisfait de son petit succès, le guide continua :

« Le pape Clément V ayant réussi à prévenir

9

les Templiers de ce que le roi tramait contre eux, les chevaliers eurent le temps, avant d'être arrêtés, de sauver une partie de leur trésor, soit en l'enfouissant, soit en le confiant à des dépositaires sûrs...

« C'est ainsi que le comte de Roquépine reçut un coffre renfermant des reliques d'or, des joyaux, des pierres précieuses ainsi que des pièces d'or et d'argent... Scrupuleusement, le châtelain aurait enfoui le coffre dans une cachette connue de lui seul. Là-dessus, les Templiers furent anéantis, leurs biens dispersés... et le seigneur de Roquépine mourut subitement, toujours détenteur du trésor... et emportant avec lui le secret de la cachette. »

Dans la foule des touristes, un homme à la voix puissante demanda :

« Et ce trésor ? On ne l'a jamais retrouvé ?

— Jamais ! affirma le guide. Et pourtant, ce n'est pas faute d'avoir cherché. Vous vous doutez que les amateurs ont été nombreux au cours des siècles ! »

L'homme qui avait parlé était un grand blond, à l'air placide.

À côté de lui, un autre touriste, brun et maigriot, de petite taille, fit une grimace comique et donna une bourrade à son compagnon.

« Tu as posé une question idiote, mon vieux !

— Ah oui ? fit le grand blond sans se fâcher.

— Bien sûr ! Et la réponse du guide est tout aussi stupide.

— Hé ! Dites donc ! lança le guide qui avait

entendu et ne semblait pas trop content. Je ne vous permets pas...

— Ne vous fâchez pas ! répliqua le petit brun en gloussant joyeusement. Je voulais dire par là que si quelqu'un a cherché le trésor et l'a, par hasard, déniché, il se sera sans doute bien gardé de le claironner ! »

Claude et ses cousins, amusés, sourirent. Le guide, un moment déconcerté, ne put que murmurer :

« Ma foi... il y a du vrai dans ce que vous dites, monsieur ! »

La visite se poursuivit. Le guide montra successivement aux touristes les différentes salles, plus ou moins en ruine, du château. Les enfants, qui commençaient à trouver le circuit ennuyeux, n'écoutaient qu'à demi.

Ils jugeaient plus amusant d'observer les gens qu'ils côtoyaient et d'échanger tout bas des réflexions. Le petit homme brun grimaçant et son paisible compagnon leur semblaient tout particulièrement drôles.

« Avez-vous vu ? dit Mick. Le petit ressemble à un macaque et le grand à un bœuf !

— Curieuse paire ! fit remarquer Claude. Le brun est un véritable clown. Tiens ! Le voilà qui tire un morceau de sucre de sa poche et le donne à Dago. S'il prend mon chien par les sentiments, il va s'en faire un ami ! »

Claude n'ajouta pas que, du coup, l'homme lui devenait sympathique. Ceux qui étaient gentils pour Dagobert trouvaient tout naturellement le chemin de son cœur.

Annie tira François par la manche.

« Dis donc ! Si on s'en allait ? Je commence à m'ennuyer.

— Attends un peu ! Il reste encore à visiter les souterrains.

— Je pense bien ! s'écria Mick. C'est le plus passionnant ! »

Claude était de cet avis. Précisément, le guide réclamait l'attention de tout le groupe :

« Et maintenant, mesdames et messieurs, annonça-t-il, nous allons descendre dans les souterrains du château. Auparavant, je vais vous distribuer des rats de cave.... Par ici, s'il vous plaît... »

Soudain, il aperçut Dag qui suivait Claude. Prenant celle-ci pour un garçon, il l'interpella en ces termes :

« Jeune homme ! Veuillez tenir votre chien en laisse ! Il est interdit aux quadrupèdes de circuler ici en liberté !

— Mais pas aux serpents, alors ? lança le petit homme brun en sortant tranquillement une vipère de sa poche. Mon animal favori n'a pas de pattes, comme vous pouvez le constater. En revanche, il court ventre à terre. Gare ! »

L'Américaine, épouvantée, fit un bond de kangourou. Deux femmes poussèrent des cris d'effroi. Un homme s'apprêta à assommer le serpent à l'aide de son bâton de marche. Mick et Claude éclatèrent de rire.

« C'est un serpent en caoutchouc ! » déclara Mick.

Les touristes se rassurèrent. Mais le guide était furieux.

« A-t-on idée de faire des plaisanteries d'aussi mauvais goût ! s'écria-t-il. Et à votre âge, monsieur ! C'est tout juste bon pour un gamin comme celui-ci ! »

Et, du doigt, il désignait Claude qui riait encore.

« D'abord, je ne suis pas un gamin ! répliqua-t-elle en passant (faute de laisse) une ficelle dans le collier de Dag. Ensuite, les blagues que je fais sont beaucoup plus drôles ! »

Le petit homme brun exagéra son air de confusion. Il fourra le serpent en caoutchouc dans sa poche, se tordit les mains d'un geste théâtral, se frappa la poitrine et s'adressa au guide sur un ton pathétique :

« Pardon, monsieur le guide ! Je ne le ferai plus ! »

Il était si comique que, loin de lui en vouloir de sa stupide plaisanterie, tout le monde éclata de rire. L'Américaine elle-même murmura :

« Aôh ! Ces Français ! Comme ils étaient ciourieuses ! »

Le guide, après avoir ri comme les autres et marmonné : « Cessez donc de faire le pitre ! », reprit ses explications et invita les touristes à le suivre.

Sur ses talons, chacun, muni d'un rat de cave allumé, descendit avec précaution les marches de pierre usées conduisant à une salle en sous-sol, basse, circulaire et dallée, où il s'arrêta en attendant que tous les visiteurs aient fait le cercle autour de lui. Alors, élevant son rat de cave au-dessus de sa tête, il déclara :

« Nous voici dans l'antichambre où s'amorcent les souterrains et oubliettes du château ! Je ne vous les ferai pas visiter pour la bonne raison que la plupart ont été murés, en raison du danger qu'ils présentent.

— Danger ? murmura Claude, déçue d'être privée d'un plaisir qu'elle escomptait.

— Bien sûr ! Des éboulements, jeune homme !... je veux dire, jeune fille ! Il serait extrêmement dangereux de s'y aventurer. Donc, ils ont été condamnés, sauf un... »

De la main, il désignait un couloir de maçonnerie, suffisamment haut et large pour qu'un homme de taille moyenne pût y cheminer.

Les gens se bousculèrent pour mieux voir.

« Sauf un ! répéta-t-il. Celui-ci, qui a servi quelque temps de remise aux maçons chargés de restaurer le château ! Encore son accès est-il formellement interdit. On doit du reste le murer à son tour un jour prochain... »

François, Mick et Annie étaient aussi déçus que Claude. La magie du mot « souterrains » disparaissait d'un coup si l'on ne pouvait visiter ceux-ci. Quel dommage !

Voyant leur mine déconfite, le guide ajouta à leur intention :

« Ne regrettez rien ! Je sais l'attrait que ces passages secrets exercent sur les jeunes de votre âge, mais je peux vous assurer que ceux-ci ne recèlent aucun mystère.

« — Pas le moindre trésor ? insista l'homme brun en clignant de l'œil.

— Pas le moindre. Vous pensez bien qu'avant d'être condamnés, ils ont été fouillés à plusieurs reprises avec un soin extrême... Et maintenant, retournons là-haut ! »

Le groupe avait amorcé sa remontée, quand, soudain, un mulot surgit sous le nez de Dag qui fermait la marche. En voyant le rongeur, le chien jeta un « Ouah » aigu, tel un cri de guerre, et s'élança à sa poursuite. Il démarra si brutalement que la ficelle faisant office de laisse échappa à Claude.

« Dag ! Où vas-tu ? Reviens ! »

Mais Dag n'entendait même pas. Ce mulot paraissait le narguer : il n'allait pas le laisser faire ! Le petit rongeur, sentant le péril, fit une embardée. Sa queue vint chatouiller la truffe du chien qui, surpris, s'arrêta net. Le mulot s'arrêta lui aussi, moustache frémissante. Son œil vif brillait de malice.

« Attrape-moi si tu peux ! » semblait-il dire.

Et là-dessus, il repartit à toute allure et s'engouffra dans le souterrain obscur. Dag lança un nouvel aboiement et se rua à sa poursuite. Claude, de son côté, cria « Dag ! » et, voyant qu'il n'obéissait pas, se précipita à son tour...

Grâce à la lueur de son rat de cave, Claude y voyait suffisamment pour se diriger. Le passage souterrain était moins encombré par les éboulis qu'on aurait pu le craindre...

Loin devant elle, elle entendait Dag aboyer après son mulot. Elle avança plus vite...

Seuls, les cousins de Claude, qui formaient avec elle l'arrière-garde du groupe des visiteurs, s'étaient aperçus de sa disparition.

« Oh ! s'écria Annie. Le guide a dit que ce boyau était dangereux.

— Claude va revenir avec Dag, ne crains rien ! » dit Mick.

Au bout d'un moment, François, inquiet, s'apprêtait à partir à la recherche de sa cousine quand celle-ci reparut, traînant un Dagobert récalcitrant au bout de sa ficelle.

« Ce mulot lui a fait perdre la tête, expliqua-t-elle en riant. J'ai eu toutes les peines du monde à le ramener. Quel enragé ! »

Le reste de la visite se déroula sans incident. Les enfants retrouvèrent leurs bicyclettes et reprirent le chemin des *Mouettes* : François, Mick et Annie très satisfaits de l'excursion, Dag dépité d'avoir vu son ennemi lui échapper... et Claude silencieuse et visiblement absorbée dans ses pensées.

Cette attitude se prolongea pendant le repas du soir et même après. Cela ressemblait si peu à Claude, d'ordinaire si vive et si bavarde, que Mme Dorset s'inquiéta :

« Tu n'es pas souffrante, Claude ? Tu n'aurais pas attrapé un coup de soleil cet après-midi, par hasard ?

— Non, maman ! Merci ! Je vais très bien ! »

Une fois sorti de table, Mick demanda à son tour :

« Qu'y a-t-il, ma vieille ? Tu ne sembles pas dans ton assiette.

— Si, si... Mais je me pose des questions.

— À propos de quoi ? s'enquit François.

— Le souterrain... et ce que j'ai vu à l'intérieur.

— Tu as vu quelque chose dans le souterrain ? s'écria Annie en ouvrant de grands yeux.

— Parfaitement ! Bon !... autant tout vous expliquer... »

Claude raconta alors que, partie à la recherche de Dag, elle n'avait pas pour autant gardé ses yeux dans sa poche.

« Tout en marchant, je regardais à droite et à gauche, en m'éclairant avec mon rat de cave. Au moment où j'ai récupéré Dag, il aboyait, le nez entre deux rocs, au ras d'un trou par où avait disparu le mulot. Je me suis baissée pour lui passer sa ficelle au cou et c'est en me relevant que j'ai aperçu, devant moi, une étrange série de dessins gravés dans la pierre du mur...

— Quelle sorte de dessins ? demanda François.

— Des hiéroglyphes bizarres... des signes mystérieux.. Je n'ai pas eu le temps de bien voir et ils étaient plus ou moins effacés... Mais cela me tracasse. Peut-être sont-ils destinés à situer le trésor disparu... vous savez bien... le fameux trésor des Templiers ! »

Mick éclata de rire.

« Tu es folle ! Tu penses bien qu'une indication aussi importante ne s'étalerait pas ainsi, à la portée de tous !

— Pas de tous ! protesta Claude. Autrefois, seul le seigneur de Roquépine devait avoir accès au sous-sol du château.

— Mais depuis, objecta François, quantité de gens sont passés par ce souterrain au cours des siècles. Même si tes dessins servent à repérer l'emplacement du trésor, celui-ci a dû être découvert depuis belle lurette ! »

Claude soupira.

« Je savais bien que si je vous parlais de ma trouvaille vous vous moqueriez de moi. Pourtant, j'ai l'intuition qu'il y a peut-être là quelque chose d'intéressant...

— Les pressentiments de Claude ne la trompent jamais ! rappela gentiment Annie.

— C'est vrai, admit François. Et si ces dessins concernent bien le trésor, rien ne prouve que quelqu'un les ait déjà déchiffrés...

— Quoiqu'il y ait de grandes chances ! coupa Mick.

— Écoutez ! reprit Claude. Pourquoi ne pas faire comme si le trésor était toujours à découvrir ? Pourquoi ne pas nous mettre à sa recherche ? Prenons cela comme un jeu qui occupera agréablement nos vacances. Qu'en pensez-vous ?

— Je veux bien ! s'écria Mick avec un entrain subit. Je vote donc pour la "course au trésor" !

— Moi aussi ! » s'écrièrent en chœur François et Annie.

Chapitre 2

La course
au trésor

« Bon ! dit Claude. Mais, comme il faut un début à tout, la première chose à faire est de retourner au souterrain pour relever exactement les hiéroglyphes.

— Comment pénétrer dans le château ? dit François, soudain assombri. De jour, c'est impossible. Il y a tout le temps des touristes ou des gardiens...

— Nous pourrions nous éclipser dans le souterrain au cours d'une visite..., suggéra Annie.

— Tous les cinq ? fit Mick. Difficile !

— Ouah ! opina Dago.

— Eh bien, s'écria Claude, essayons de nous introduire là-bas de nuit. Le château n'est pas gardé. Ce serait bien le diable si nous n'arrivions pas à nous y faufiler ! »

Les enfants tinrent conseil et finirent par

21

décider que, pour ne pas perdre de temps, on retournerait à Roquépine sur-le-champ. La nuit était belle, éclairée par la pleine lune. Les jeunes détectives se munirent de lampes électriques, d'une corde, de papier et de crayons, prirent leurs bicyclettes et quittèrent discrètement les *Mouettes*.

Les étoiles brillaient dans un ciel pur. Il faisait bon et frais. Cette fois, les enfants pédalèrent avec entrain sur la route. Dag courait joyeusement à côté de Claude.

Bientôt, le château de Roquépine se profila au tournant du chemin, masse plus noire que la nuit. Les quatre cousins mirent pied à terre.

« Nous avons de la chance ! constata François après un rapide coup d'œil autour de lui. Regardez ! Voici un échafaudage de maçon dressé contre ce mur qui est en partie écroulé.

— Je l'avais remarqué ! dit Mick. Nous pouvons essayer d'entrer par là ! »

Ce ne fut pas difficile. Une fois sur le mur, ils n'eurent aucune peine à se laisser glisser de l'autre côté, grâce à la corde qu'ils attachèrent à l'un des montants tubulaires de l'échafaudage. Dag, que l'on fit descendre au bout de la même corde, fut le seul à ne pas apprécier la performance.

De la cour, où ils atterrirent, les Cinq se faufilèrent à l'intérieur du château en ruine et gagnèrent la salle basse d'où partait le souterrain. Dag, reconnaissant le théâtre de ses exploits, s'engagea de lui-même dans le boyau. Peut-être espérait-il y rencontrer le mulot farceur qui s'était si bien moqué de lui !

Claude et ses cousins suivirent... Leurs pas résonnaient de curieuse manière. Annie, un peu oppressée, n'était qu'à demi rassurée et se tenait très près de son frère aîné. Mick fermait la marche. Soudain, Claude s'arrêta. Le faisceau lumineux de sa lampe électrique balaya un pan de mur, à hauteur d'homme.

« C'est ici ! annonça-t-elle. Regardez ! »

François, Mick et Annie tendirent le cou... D'étranges signes s'étalaient sous leurs yeux, sur trois lignes.

« Ces dessins sont certainement mystérieux !

s'écria François, ravi. Dépêchons-nous de les transcrire sur papier !

— Vite, Annie ! dit Mick. Passe-moi le bloc... »

Il avait déjà tiré son stylo à bille et se mit à copier les signes bizarres gravés dans le mur.

« La pierre est bien usée, fit remarquer Annie, et certains de ces dessins sont à demi effacés !

— Cela prouve qu'ils ne datent pas d'hier ! répliqua sa cousine... Oh ! Quelque chose me dit qu'ils sont en relation avec le trésor des Templiers !

— Même si ce n'était pas le cas, répondit Mick qui achevait son relevé, nous les prendrons comme point de départ de notre enquête "bidon" ! Il faut jouer à fond le jeu de la chasse au trésor !... Là !... J'ai fini ! »

Le jeune garçon considéra ses notes d'un air satisfait, les plia avec soin et les mit dans sa poche.

« Maintenant, rentrons ! conseilla François. Je crois que nous avons fait du bon travail ! »

Dag, qui n'avait pas retrouvé trace de son mulot, aurait bien aimé rester encore un peu et exprima son sentiment par un « Ouah ! » significatif.

Claude coupa court à sa protestation.

« À la niche, mon vieux ! lui dit-elle. C'est grâce à toi que j'ai aperçu ces dessins, d'accord, et nous t'en sommes tous reconnaissants. Mais, demain, nous commencerons notre enquête, et tu dois te reposer comme nous pour être en forme... Dieu sait les démarches qui nous attendent !... »

Dès le lendemain, les Cinq se mirent à l'œuvre avec entrain. Avant tout, il leur fallait se renseigner, avec un maximum de discrétion, sur l'origine possible des dessins mystérieux et, surtout, chercher à en pénétrer la signification en s'aidant à la fois de la légende et de la disposition des lieux.

« Nous nous sommes attelés à une rude tâche ! soupira François en grimpant le perron de la mairie de Kernach, choisie par les enfants comme première étape de leurs recherches.

— Ne te décourage pas avant d'avoir commencé ! dit gentiment Annie. Consultons vite les archers !

— Les archives ! corrigea Mick... En particulier celles qui concernent Roquépine ! »

Les quatre cousins durent d'abord parlementer avec une jeune personne indolente, puis avec un vieux monsieur moustachu. Celui-ci — adjoint au maire — sourit aimablement aux quatre cousins.

« Je vous aurais bien volontiers donné accès à nos vieux grimoires, déclara-t-il, mais, à part les registres habituels — états civils et autres —, nous n'en avons pas !... En tout cas, rien qui se rapporte à ce château de Roquépine dont l'histoire a éveillé votre intérêt de jeunes gens avides de s'instruire ! »

Après avoir remercié, les « jeunes gens avides

de s'instruire » allèrent tristement récupérer leurs vélos au bas du perron.

« Un coup pour rien ! dit Claude. Filons jusqu'au musée ! »

Il s'agissait, à vrai dire, d'un tout petit musée, d'intérêt purement local. Mais, pour cette raison même, les jeunes détectives espéraient y dénicher quelques documents intéressants. Une unique employée se tenait au guichet... Tout en délivrant quatre tickets d'entrée (Dag s'était déjà faufilé, inaperçu, sous le tourniquet), elle répondit volontiers aux questions des jeunes visiteurs.

« Oui, oui, nous avons des papiers relatifs au château de Roquépine... Nous vendons même un plan des ruines, destiné à aider les touristes à se diriger... »

Les quatre cousins échangèrent des regards enchantés. François acheta immédiatement l'un des plans en question. L'employée le lui tendit avec un beau sourire :

« C'est le second que je vends ce matin ! déclara-t-elle. Deux messieurs, qui avaient l'air aussi intéressés que vous par Roquépine, m'ont acheté le premier ! »

Elle se mit à rire et ajouta :

« Étaient-ils drôles, ces deux-là ! Un grand blond ! Et un petit tout noiraud qui avait l'air d'un clown à la parade ! Il a déplié son plan en faisant semblant de jouer de l'accordéon avec... »

Pour la seconde fois, les enfants se regardèrent. À la description faite par la guichetière, ils venaient de reconnaître les deux touristes qui, en même temps qu'eux, avaient visité le château de Roquépine et — toujours comme eux ! — avaient paru s'intéresser au trésor des Templiers.

« Tiens ! Tiens ! murmura Claude entre ses dents. Eux aussi ont donc acheté un plan !... »

Puis, à la suite de ses cousins, elle passa le tourniquet et déboucha dans la salle du musée, déserte à cette heure.

Non seulement le musée ne fournit aucun renseignement intéressant aux jeunes détectives, mais le plan leur apporta un cruel désappointement : les souterrains, qu'ils espéraient y voir figurer, brillaient par leur absence.

« Flûte ! jeta Mick, dégoûté. Chou blanc pour la seconde fois !

— Nous aurions dû nous y attendre ! dit François en sortant de la salle. Après tout, ces boyaux souterrains sont condamnés et le public ne peut pas les visiter !

— Il ne nous reste plus qu'à nous rendre à la bibliothèque ! » dit Claude en passant devant le guichet.

La bavarde employée l'entendit et sourit.

« Je parie que vous allez y trouver mes deux clients de ce matin ! dit-elle. Je les ai entendus qui parlaient d'y aller. Décidément, notre histoire locale a beaucoup de succès en ce moment ! »

Une fois dehors, sous le brillant soleil d'été, les enfants échangèrent quelques réflexions avant de se mettre en route pour leur troisième étape.

« Est-ce que vous ne trouvez pas étrange, dit Claude, ces deux hommes, que je baptiserai Leblond et Lebrun, semblent suivre la même route que nous ?

— Tu vois de l'étrange partout ! fit remarquer Mick.

— Peut-être, suggéra Annie, ces hommes s'intéressent-ils comme nous au trésor des Templiers... »

François sourit à sa jeune sœur et plaisanta :

« L'imagination de Claude est contagieuse, dirait-on.

— Vous, les filles, ajouta Mick, vous faites toujours une montagne d'une taupinière.

— Mais rien ne prouve que j'aie tort ! protesta Claude. Même si ces touristes ne croient pas vraiment à l'existence du trésor, peut-être, comme nous, s'amusent-ils à retrouver sa trace... pour se distraire.

— Possible ! admit François.

— Reconnaissez en tout cas, insista Claude, qu'ils semblent en train d'effectuer les mêmes démarches que nous : ils sont venus ici, au musée, ils ont acheté le plan du château de Roquépine et ils ont parlé de se rendre à la bibliothèque.

— À quoi sert de discuter ! dit Mick. Ne nous inquiétons plus d'eux et allons là-bas nous-mêmes ! »

Arrivés à la bibliothèque, les jeunes détectives se heurtèrent presque aux deux hommes qui en sortaient.

« Nos rivaux dans la chasse au trésor ! » chuchota ironiquement François à l'oreille de sa cousine.

« Leblond » et « Lebrun », cependant, avaient reconnu les enfants. Un large sourire s'épanouit sur la figure du second.

« Mais ce sont nos jeunes amis d'hier ! s'exclama-t-il. Bonjour, jeunes gens ! Ce chien n'est pas encore mort d'indigestion ? Il paraît beaucoup aimer le sucre ! »

De la main, il flattait Dag qui s'était approché de lui en frétillant de la queue.

« Comment s'appelle-t-il ? demanda à son tour aimablement Leblond.

29

— Cela dépend des jours, répondit Claude, facétieuse.

— Comment ccla ?

— Eh bien, le lundi je l'appelle D, le mardi Da, le mercredi Dag, le jeudi Dago, le vendredi Dagob, le samedi Dagobé, et le dimanche Dagobert ! »

Lebrun s'esclaffa bruyamment.

« Est-il drôle, ce gamin... oh ! pardon ! Je me rappelle que tu es une fille ! Dagobert, dis-tu... Mais pourquoi débites-tu ainsi son nom en tranches ?

— Pour ne pas l'user trop vite en cours de semaine ! » répliqua gravement Claude.

Le placide Leblond lui-même ne put retenir un sourire.

« Voilà une mesure d'économie qui fait honneur à ton imagination ! Allons !... Bonne journée, jeunes gens ! »

Les deux hommes s'en allèrent. Les enfants entrèrent dans la salle de lecture. François, s'approchant du préposé à la distribution des livres, demanda poliment à s'entretenir avec M. Aubriant, le bibliothécaire. Celui-ci, un érudit plein de bonhomie, ne fit aucune difficulté pour recevoir les Cinq.

C'était un personnage sympathique, à l'expression bienveillante, qui mit tout de suite ses visiteurs à l'aise.

« En quoi puis-je vous aider, mes amis ? »

Claude consulta ses cousins du regard, comme pour leur demander s'ils devaient parler franchement. François, Mick et Annie firent un signe d'assentiment. Alors, s'exprimant à tour de rôle, les jeunes détectives mirent leur interlocuteur dans le secret. Ils sentaient d'instinct que M. Aubriant pouvait les aider et ne les trahirait pas. Quand ils eurent fini, le bibliothécaire sourit.

« Si je comprends bien, résuma-t-il, les dessins inscrits dans la pierre du souterrain vous intriguent et vous espérez qu'en les déchiffrant vous pourrez accéder à la cachette — vide ou non — du fameux trésor de Roquépine ?

— Oui, monsieur, dit François. Nous avons pris note de ces dessins et nous pensons que, peut-être, grâce à votre concours, nous arriverons à les déchiffrer... »

M. Aubriant saisit la feuille que Mick lui tendait... Son sourire se fit indulgent.

« Je ne voudrais pas doucher votre bel enthousiasme, dit-il, mais je dois vous prévenir que, depuis longtemps, ces signes mystérieux ont attiré l'attention d'autres visiteurs. En fait, quelques chercheurs ont trouvé la signification d'une partie de ces dessins... »

Le visage des enfants s'allongea.

« C'était à prévoir ! soupira Annie.

— Ces chercheurs n'ont pas été avancés pour autant, continua M. Aubriant. Leur découverte paraît ne les avoir menés à rien... Il est vrai, ajouta-t-il, et je vous le répète, que ces hiéroglyphes n'ont pas été déchiffrés dans leur totalité... à ma connaissance, du moins.

— S'il vous plaît, monsieur, risqua Claude, cela vous ennuierait-il de nous donner la traduction des dessins déjà interprétés ?

— Pas le moins du monde ! Regardez !... »

Chapitre 3

Des hommes et des signes étranges

Avec empressement, François, Mick, Claude et Annie se groupèrent autour de lui pour considérer la feuille qu'il avait étalée sur la table devant lui.

« Pour commencer, expliqua M. Aubriant, voici un rond. Il figure la section du boyau souterrain où vous avez vu les hiéroglyphes. Le trait signifie "Allez tout droit !". »

François et Mick poussèrent un léger sifflement. Claude et Annie se penchèrent pour mieux voir.

« Le second dessin représente le même rond, coupé d'une barre s'incurvant sur la gauche..., poursuivit le bibliothécaire.

— Et signifie "Tournez à gauche !", s'écria Mick.

— Tout juste. Et le troisième...

— "Tournez encore à gauche !", continua Annie. Et le quatrième "Tournez à droite !".

— Exactement. Le cinquième se lit facilement.

— C'est une tour ! dit Claude. Après avoir suivi le souterrain, on arrive donc à une tour. Quant au sixième signe, il est aisé à interpréter. Une flèche dirigée vers le haut ne peut que vouloir dire...

— "Montez à la tour !", acheva François.

— Et voilà ! Vous avez compris..., dit M. Aubriant. Malheureusement, à partir du dessin suivant, le mystère subsiste. L'œil, les barres et le reste n'ont jamais été interprétés, pour ce que j'en sais tout au moins.

— Il nous reste donc de l'espoir ! » s'écria Claude avec sa pétulance habituelle.

M. Aubriant lui sourit amicalement.

« En tout cas, dit-il en rendant son manuscrit à Mick, si vous avez l'intention de poursuivre vos recherches, inutile de risquer de recevoir une pierre sur la tête en explorant le souterrain. On sait qu'il aboutit à une tour antique, encore debout par miracle, mais qui n'a rien de secret. On l'a baptisée *La Vigie* et je peux vous en montrer l'emplacement sur la carte de la région. Regardez...

— Et elle ne recèle aucun trésor ? » demanda naïvement Annie.

M. Aubriant se mit à rire de bon cœur.

« La seule chose que je peux vous dire, c'est qu'on n'en a jamais trouvé aucun ! »

Avant de prendre congé du bibliothécaire, Mick eut l'idée de lui demander si personne n'était venu, avant eux, le consulter au sujet du trésor. M. Aubriant affirma que non. En revanche, le préposé aux livres, interrogé à son tour, déclara que deux hommes avaient demandé à compulser les ouvrages concernant Roquépine.

« Leblond et Lebrun ! grommela Claude. Nos rivaux dans la chasse au trésor !

— Bah ! dit François. Ce n'est pas certain. Et puis, il ne s'agit que d'un jeu. Cette rivalité le corse !

— Du reste, ces messieurs n'ont pas de dessin pour les guider, rappela Mick. Du moins, je le suppose... »

En fait, les jeunes détectives quittèrent la bibliothèque moins déçus qu'on aurait pu le craindre. Ils conservaient l'espoir d'arriver à interpréter pour le mieux les autres signes du message gravé dans le roc.

« Et même si cela ne nous mène à rien, conclut Annie, tant pis ! Nous nous serons bien amusés tout de même ! »

Après le repas de midi, les Cinq reprirent leur enquête... Cette fois, ils avaient un fil conducteur. Suivant le sage conseil de M. Aubriant, ils renoncèrent à fouiller le souterrain et enfourchèrent leurs bicyclettes pour se rendre directement à *La Vigie*.

Il s'agissait d'une tour ronde, trapue, au faîte crénelé, et qui ressemblait bien au dessin trouvé à Roquépine. Claude exultait.

« Elle est certainement aussi vieille que le château ! dit-elle.

— Sans doute, admit François. Mais il

35

semble qu'elle ait été consolidée, sinon restaurée, au cours des siècles. Venez ! Commençons par en faire le tour ! »

Cette promenade circulaire n'apprit rien de plus aux Cinq. Le moment était venu de visiter l'intérieur de *La Vigie* et d'essayer d'en pénétrer le secret ! L'escalier en spirale qui conduisait au sommet de la tour correspondait certainement à la flèche ascendante du message rupestre. Ses marches de pierre, très usées, étaient légèrement branlantes, mais néanmoins solides.

Tout en grimpant, Annie ne pouvait s'empêcher de penser à l'œil figurant parmi les hiéroglyphes et dont ni ses frères, ni Claude, ni elle-même n'entrevoyaient la signification. Cet œil mystérieux et invisible lui semblait fixé sur elle. La petite fille en éprouvait un vague malaise.

De leur côté, François, Mick et Claude songeaient à ce même œil et, tout en montant, regardaient à droite et à gauche pour voir s'ils ne l'apercevaient pas, gravé sur la paroi rocheuse. Mais l'œil n'était nulle part...

Seul Dag escaladait les marches sans l'ombre d'un souci. Il adorait les exercices qui lui dégourdissaient les pattes, et cet escalier était tout à fait à sa convenance.

Enfin, les jeunes détectives, transpirant sous l'effet combiné de l'effort et de la chaleur, débouchèrent alors sur une plate-forme circulaire protégée par un mur-parapet, très élevé, circulaire comme elle, et percé, à intervalles réguliers, par d'étroites meurtrières : une douzaine en tout. Ce mur était également crénelé.

Cette disposition, plutôt curieuse, permettait aux visiteurs d'avoir vue sur la campagne alentour soit par les meurtrières, soit par les échancrures plus larges des créneaux.

En silence, les enfants examinèrent les lieux. Puis François résuma la situation :

« Et voilà ! Nous sommes en haut de la tour et pas plus avancés pour autant !

— Comme ceux qui sont passés là avant nous ! soupira Annie qui se souvenait des conclusions du bibliothécaire.

— Hé, là ! Espèces de défaitistes ! lança Claude, irritée. Vous n'allez pas jeter le manche après la cognée ! Nous avons déjà affronté des énigmes difficiles et nous sommes toujours parvenus à les déchiffrer. Alors, pourquoi pas cette fois encore ?

— Tu as raison, ma vieille ! s'écria Mick avec conviction. Nous ne sommes ici que depuis dix minutes, après tout ! Il faut chercher encore... »

Consciencieusement, les Cinq (car Dag fouinait de son côté, sans trop savoir pourquoi, du reste !) examinèrent de nouveau l'endroit où ils se trouvaient, tapotant les pierres, inspectant les meurtrières, lisant même les graffiti que de précédents visiteurs avaient tracés sur les créneaux... Rien ne leur parut digne d'intérêt...

« Il n'y a vraiment rien à découvrir ! » soupira Mick en fin de compte.

Claude jeta feu et flamme.

« Voilà que tu penses comme François et Annie ! Pour un petit échec momentané, vous êtes prêts à tout laisser tomber !

— Pas du tout ! protesta François. Mais puisque l'examen de la tour n'a rien donné, il faudrait peut-être nous concentrer davantage sur le message si nous voulons faire un nouveau pas en avant.

— Je... », commença Claude.

Elle s'interrompit. Un bruit de pas claquait sur les degrés de l'escalier en spirale. Et elle voyait Dag qui en arrêt, le museau pointé vers la marche supérieure, frétillait joyeusement de la queue.

« Allons, bon ! murmura-t-elle. Encore eux, je parie ! »

Elle avait à peine fini de parler que deux hommes débouchèrent du trou d'ombre. C'étaient Leblond et Lebrun !

À la vue des enfants, ils s'exclamèrent :

« Tiens, tiens ! Comme on se retrouve ! »

Les enfants firent intérieurement la grimace. Ils auraient voulu les fâcheux à cent lieues de là. Dago, en revanche, s'avança joyeusement vers les nouveaux venus.

Avec les mines de clown qui lui étaient habituelles, Lebrun sortit un morceau de sucre de sa poche.

« À qui ce bon su-sucre ? Au gentil chien-chien à sa mémère ! »

Claude l'aurait battu alors que ses cousins, amusés malgré eux, ne pouvaient s'empêcher de rire.

« Alors, les gosses ? dit le placide Leblond. On admire le paysage ?

— Il est tout admiré, répondit assez sèchement Claude. Nous vous laissons la place ! »

Elle s'élança dans l'escalier, Dag sur les talons. François, Mick et Annie lui emboîtèrent le pas. L'escalier faisant office d'amplificateur sonore, ils entendirent Lebrun murmurer à son compagnon :

« Hé ! Pas commode, la gamine ! »

Claude rougit mais ne dit rien et continua de descendre. Quand les Cinq furent au pied de la tour, ils levèrent machinalement les yeux. Là-haut, penchés aux créneaux, les deux hommes les regardaient partir. Malgré la distance, les enfants purent constater qu'ils ne souriaient plus. Leur visage n'était plus qu'un masque dur...

Quand les Cinq atteignirent les *Mouettes*, l'heure était déjà avancée. Le temps avait passé plus vite qu'ils n'auraient cru. Dans la soirée, ils descendirent sur la plage, éclairée par un magnifique clair de lune, pour y faire une partie de ballon...

François et Mick couraient de toutes leurs forces. Claude bondissait comme un kangourou. Annie, qui visait juste, envoyait toujours le ballon avec une grande précision.

Dag galopait et aboyait, gênant les joueurs mais ne s'en souciant guère. Bref, les Cinq menaient grand tapage, se défoulant ainsi de leur journée de recherches, sans gêner personne puisqu'ils n'avaient pas de voisins...

Quand ils furent à bout de souffle, tous se laissèrent choir sur le sable et restèrent un moment silencieux. Près d'eux, les vagues chantaient doucement.

« Et maintenant, dit brusquement Claude, si nous pensions un peu à notre énigme ? C'est le moment ou jamais d'en discuter à tête reposée. »

Mick tira le manuscrit de sa poche.

« La première ligne a été interprétée, constata-t-il en soupirant. Mais nous trébuchons sur cet œil...

— Le mauvais œil ! » fit remarquer Annie ironique.

François se mit à rire.

« Eh bien, essayons donc de conjurer le mauvais sort !

— Si nos rivaux nous le permettent ! coupa Claude en se renfrognant. Ils ont certainement repéré eux aussi les hiéroglyphes ! C'est sans doute pour cela que nous les avons retrouvés au sommet de *La Vigie* !

— Dans ce cas, ils en sont au même point que nous, souligna Mick. L'essentiel est d'aller plus vite qu'eux.

— À mon avis, reprit François, l'œil peut tout simplement signifier "Ouvrez l'œil !"... pour attirer l'attention, en quelque sorte.

— Mais sur quoi ? demanda Annie.

— Sur les signes suivants... les petites barres.

— Il y en a douze, dit Annie. Douze, dont une barrée.

— Le mystère de la barre barrée ! chantonna Mick. Si on a barré celle-ci, c'est qu'il ne faut pas la compter. Il ne reste donc que onze barres au total ! »

Claude réfléchissait, sourcils froncés.

« Pas sûr ! dit-elle enfin. Si celui qui a gravé ces lignes avait voulu supprimer une barre, il aurait tout naturellement barré la dernière.

— Oui... sans doute ! Ces petites barres...

— Rien ne prouve qu'elles soient petites, coupa Claude. Nous n'en connaissons pas la dimension réelle et elles peuvent représenter n'importe quoi...

— Des bâtons ? suggéra Annie.

— Certes pas ! déclara Mick tout net. Des morceaux de bois ne constituent pas des jalons assez solides et durables !

— Des arbres ? proposa la petite fille.

— Ces barres n'ont pas de branches !

— Des cheminées d'usine ? dit encore Annie.

— Ah, ah ! Tu me fais rire ! répliqua Mick en s'esclaffant. Des usines sous Philippe le Bel ! Tu en as de bonnes, toi !

— Attendez un peu ! s'écria Claude qui continuait à réfléchir. Il y a douze barres, n'est-ce pas ? Eh bien, là-haut, sur la terrasse de *La Vigie*, j'ai constaté que le mur formant parapet...

— Était percé de douze étroites meurtrières ! s'écria François, achevant la phrase de sa cousine. Moi aussi, je l'ai remarqué, Claude !

— Ce qui signifie peut-être, enchaîna celle-ci, que les douze traits correspondent aux douze longues ouvertures du mur crénelé !

— Hourra ! s'écria Mick, toujours prompt à

s'enthousiasmer. Il faudra retourner là-haut demain...

— Ce qui ne nous avancera guère, coupa François, si nous ne déchiffrons pas plus avant le mystérieux message.

— Tu as raison, vieux frère ! Voyons un peu la suite... »

Mick consulta de nouveau son papier à la clarté de la lune.

« Ah ! Voici un dessin très clair : un demi-soleil ! Impossible de se tromper sur sa signification ! »

Claude se mit à ricaner :

« Si tu comprends ce que ça signifie, tu es très fort, dit-elle. Je vois bien qu'il s'agit d'une moitié de soleil, mais cela ne m'éclaire guère, sans jeu de mots ! Car, après tout, ce dessin peut aussi bien représenter le soleil levant que le soleil couchant !

— C'est vrai, ça ! soupira Mick, désappointé. Et quel rapport avec les barres... ou les meurtrières ? »

Tandis que François, Mick et Claude réfléchissaient à la question, la petite voix d'Annie s'éleva soudain :

« L'œil, les barres, le demi-soleil... Ça veut peut-être dire qu'il faut regarder à travers les meurtrières pour voir le soleil se lever ou se coucher...

— C'est une idée ! admit François. Une excellente idée, même. Mais je ne vois pas bien ce qu'il y a au bout... Résumons la situation : si vraiment on nous conseille de regarder à travers ces fentes pour observer un demi-soleil, reste à déterminer s'il s'agit du soleil levant ou du soleil à l'aube ou au crépuscule... Et quelle meurtrière choisir au juste ?... Cela, nous ne pourrons le déterminer que sur place... en remontant là-haut.

— Tu as raison ! dit Claude. Nous retournerons donc à *La Vigie* demain... juste avant le lever du soleil. Qu'en pensez-vous ?

— D'accord ! s'écria Mick. En attendant, si nous faisions une autre partie de ballon ? »

Et, infatigables, les Cinq recommencèrent à jouer sur la plage, au clair de lune.

Chapitre 4

Tout s'éclaire !

Le lendemain matin, de bonne heure, les Cinq se mirent vaillamment en route. Le soleil n'était pas encore levé, il faisait un peu frisquet, mais les ombres de la nuit se dissipaient peu à peu.

« Dépêchons-nous ! dit Mick. Il ne faut pas rater le lever de Phébus !

— Phébus ? répéta Annie, surprise. Qui est-ce ?

— Petite cruche ! C'est ainsi que les Grecs appelaient jadis le dieu du Soleil !

— Ah ! bon. Tu m'en diras tant ! » répliqua Annie avec sa bonne humeur habituelle, mais un peu vexée au fond.

Cependant, tout en bavardant, les jeunes détectives se rapprochaient rapidement de leur but. Ils espéraient bien, une fois au sommet de *La Vigie*, faire des découvertes qui jetteraient de nouvelles lueurs sur le mystère qui les intriguait.

L'ascension de la tour leur prit peu de temps. À peine débouchaient-ils sur la terrasse, ceinte du mur crénelé, que les premiers rayons du soleil jaillirent à l'horizon.

« Vite ! » jeta Claude en se précipitant vers la meurtrière la plus à l'est.

Massés les uns derrière les autres, par ordre de taille, les enfants regardèrent, de tous leurs yeux, le soleil se lever sur la campagne... Dag lui-même, dressé sur ses pattes de derrière, appuyait son museau au ras de la meurtrière, juste au-dessous de la tête d'Annie. Quelqu'un qui eût pu les photographier ainsi aurait obtenu un cliché fort drôle... Mais les enfants étaient seuls... et s'en félicitaient.

Le soleil, à présent, offrait l'aspect du dessin rupestre, à cela près qu'il éblouissait et que les jeunes observateurs avaient peine à garder les yeux ouverts.

« Inutile d'insister ! dit Mick tandis que la boule dorée montait rapidement dans le ciel.

— Hélas ! renchérit François, il n'y a rien à voir. De ce côté, l'horizon est plat comme la main...

— Mais de l'autre côté, c'est-à-dire à l'ouest, fit remarquer Claude, on verrait le soleil se coucher sur la mer.

— Cela ferait-il une différence ? grommela Mick, déçu.

— J'en suis sûre ! répondit Claude avec

force. Nous reviendrons ici ce soir, juste avant le coucher de...

— Phébus ! » acheva Annie.

Tous éclatèrent de rire.

« En attendant, reprit François, faisons le tour de ces meurtrières et examinons-les de près. Qui sait ! Nous aurons peut-être plus de chance qu'hier. Un détail a pu nous échapper ! »

Patiemment, ils reprirent leurs recherches. Soudain, Mick appela les autres :

« Hé ! Venez voir ! »

François, Claude et Annie se précipitèrent. Mick, planté devant une des meurtrières, leur désigna des restes de mortier, visiblement ancien, qui adhérait encore aux sections intérieures de la mince ouverture.

« Ces vestiges de ciment..., commença-t-il.

— Ce n'est pas du ciment mais un mortier grossier, rectifia François qui, avec ses ongles, grattait la substance dure.

— Si tu veux ! Ces vestiges de mortier, donc, ne datent pas d'hier. Ils semblent prouver...

— Que cette meurtrière a été jadis condamnée, acheva Claude avec enthousiasme. Oui, oui, tu as raison, Mick ! Je comprends. Bravo !

— Qu'y a-t-il à comprendre ? demanda la petite Annie.

— Que cette meurtrière murée correspond à la barre barrée de notre énigme, tout simplement, expliqua François.

— Cette ouverture a été dégagée par la suite,

47

plusieurs siècles plus tard, peut-être, continua Mick.

— Elle regarde l'ouest ! fit remarquer Claude... là où le soleil se couche. L'explication est claire. Pour trouver une nouvelle indication relative à l'emplacement du trésor, le dessin du souterrain conseillait aux chercheurs de regarder le soleil couchant à travers cette meurtrière tournée vers l'ouest. Pour cela, il suffisait de faire sauter le mortier ! »

François, cependant, était pensif. Machinalement, il se gratta le crâne.

« Je me demande, dit-il, pourquoi c'est la huitième barre qui est rayée. Après tout, elle ne peut pas porter un numéro puisque la tour est ronde ! N'importe laquelle des douze meurtrières peut être la huitième. Cela dépend de l'endroit où l'on commence à les compter.

— Peut-être, suggéra Mick, en a-t-on barré une au hasard, parmi les autres, uniquement pour désigner celle qui avait de l'importance. »

Claude hocha la tête. Elle soupçonnait quelque chose de plus subtil.

« Et si, suggéra-t-elle tout haut, ces ouvertures correspondaient aux douze mois de l'année ? Le soleil ne se lève pas et ne se couche pas exactement au même endroit tous les mois. Le dessin désigne peut-être la meurtrière condamnée, en précisant qu'il fallait regarder à travers elle le *huitième* mois de l'année, en direction du couchant. »

François poussa une exclamation.

« Claude ! Je parie que ton raisonnement est juste ! Tout s'éclaire ! Et le huitième mois de l'année...

— C'est le mois d'août ! Et nous sommes précisément au mois d'août ! La chance nous sourit ! s'écria Mick.

— Quel bonheur ! s'exclama Annie en sautant de joie. Nous n'aurons qu'à revenir ce soir et nous serons fixés !

— Tout de même, dit Mick, il y a quelque chose qui me tracasse. Cette meurtrière... cet œil ouvert sur le paysage... a été dégagée ! Cela peut signifier qu'un autre que nous a déjà trouvé, sinon le trésor, du moins l'indice suivant servant à le découvrir.

— Penses-tu ! dit Claude, optimiste. Les maçons ont dû faire sauter le mortier quand ils ont restauré la tour, voilà tout ! Oh ! Qu'il me tarde d'être à ce soir ! »

La journée parut longue aux jeunes détectives. Pour tromper leur attente, ils organisèrent une partie de bateau à bord du *Saute-Moutons*, le canot de Claude, et allèrent piqueniquer sur la petite île de Kernach, en face des *Mouettes*.

Après une joyeuse dînette, une longue baignade et quelques jeux sur la plage, les Cinq prirent le chemin du retour. Ils surveillaient l'heure et ne voulaient pas se mettre en retard. Pour garder la pleine liberté de leurs mouvements, les enfants avaient même prévenu Mme Dorsel qu'ils comptaient dîner en pleine nature des reliefs du repas de midi et que, de ce fait, ils ne rentreraient pas avant la nuit.

M. et Mme Dorsel, qui savaient la région sûre, n'étaient pas fâchés de voir les enfants profiter du grand air au maximum. Aussi ne formulaient-ils jamais aucune objection quand les Cinq s'attardaient un peu au-dehors. Il leur suffisait d'être avertis...

Après avoir mis le *Saute-Moutons* à l'abri dans la remise à bateaux, en contrebas de la villa, Claude et ses cousins, pleins d'espoir, enfourchèrent donc leurs vélos et reprirent le chemin de *La Vigie*. Dag, fatigué d'avoir couru d'un bout à l'autre de l'île, trônait sur le porte-bagages de sa petite maîtresse.

Les jeunes détectives étaient si impatients

d'assister au coucher du soleil, qu'ils arrivèrent en avance au sommet de la tour. L'astre, resplendissant, descendait dans le ciel. Sans un mot, les enfants se groupèrent devant la meurtrière donnant à l'ouest. Leur cœur battait très fort. Qu'allaient-ils voir ? Qu'allaient-ils apprendre ? Et leur regard serait-il assez vif pour saisir l'indice révélateur... si celui-ci existait bien ?

Tout doucement, le soleil commença à décliner à l'horizon, c'est-à-dire à s'enfoncer dans la mer qui s'étendait, tout là-bas, devant les Cinq. Chacun retenait sa respiration et ouvrait grands les yeux. L'astre s'enfonça un peu plus. Soudain, on ne vit plus que la moitié du grand disque d'or rouge.

« Ah ! fit Annie,

— Ah ! » répétèrent ses frères et Claude.

Chacun venait d'apercevoir, se découpant nettement en ombre chinoise sur le soleil couchant, les contours d'une ferme flanquée d'une tourelle.

« Cette ferme fortifiée..., murmura François... Elle est identique à celle gravée dans le mur du souterrain !

— C'est elle tout craché ! » renchérit Mick.

Chapitre 5

Des révélations troublantes aux *Hautes-Roches*

Claude exultait. Attrapant Dag par les pattes de devant, elle se mit à danser avec lui une gigue échevelée.

« À nous le trésor ! À nous le trésor ! chantait-elle.

— Ouah ! » répondit Dag d'un air convaincu.

François, Mick et Annie se mirent à rire.

« Hé ! Nous ne le tenons pas encore, ce trésor ! dit Mick ! Il nous faut d'abord repérer la ferme, puis interpréter les signes suivants ! »

Claude lâcha Dag et regarda de nouveau à travers la meurtrière : le soleil avait disparu mais il faisait assez clair pour distinguer encore le bâtiment à tourelle...

« Cette ferme, dit Claude en souriant, je la connais bien. Quand j'étais petite, maman m'emmenait souvent avec elle pour y chercher du bon lait frais. C'est une ancienne dépendance du château de Roquépine. Elle a été maintes fois retapée et appartient actuellement à un agriculteur, M. Legallet. Il y vit avec sa famille. Sa fille, Véronique, est même une amie à moi. Elle doit avoir l'âge de François.

— Je la connais un peu, dit Annie. Elle est très gentille. »

Les Cinq redescendirent l'escalier de la tour et reprirent leurs vélos. Il faisait un temps délicieux. La petite troupe s'arrêta en route pour dévorer, dans un pré, les restes du pique-nique... Dès que le crépuscule s'épaissit un peu, ils regagnèrent les *Mouettes*. Les garçons semblaient pensifs.

« François ! Mick ! Qu'est-ce qui vous tracasse ? demanda Claude.

— Cette ferme à laquelle aboutit notre enquête... me paraît sans mystère ! soupira François.

— Et pourquoi donc ? Parce qu'elle est habitée ? Quelle sottise ? N'oublie pas qu'elle dépendait jadis de Roquépine. Je suis sûre, moi, qu'elle nous réserve des surprises ! »

Le lendemain, après un petit déjeuner de gourmands que leur servit Maria, qui depuis de longues années aidait Mme Dorsel à tenir la maison, les enfants se réunirent dans le jardin des *Mouettes*.

« Voyons ! dit Mick. À propos de cette ferme,

que décidons-nous ? Et d'abord, comment s'appelle-t-elle ?

— Les *Hautes-Roches*, répondit Claude. Nous pourrions aller y goûter cet après-midi. Mme Legallet sert volontiers du thé, du café et des gâteaux aux touristes de passage. Je crois que son mari a emprunté beaucoup d'argent pour moderniser sa ferme et mettre sur pied une laiterie pilote. Ils ont besoin de faire rentrer des fonds, en ce moment.

— Et pendant le goûter, nous ouvrirons les yeux et les oreilles, je suppose ? dit Annie. Mais pourquoi ne pas y aller plus tôt ?

— D'abord, dit Claude en se levant, parce que, ce matin, nous devons faire des commissions pour maman, au marché de Kernach. Ensuite, parce que, avant d'aller là-bas, nous discuterons un peu des autres hiéroglyphes du message. D'accord ?

— D'accord ! »

Après avoir reçu de Maria la liste des provisions à acheter, les Cinq prirent leurs bicyclettes, et filèrent vivement en direction du village. Sur la place centrale, le marché, très pittoresque, battait son plein. Il y avait là des étalages de toutes sortes : légumes, fruits, fleurs, volailles, et même vêtements de confection et bijoux fantaisie. Les acheteurs allaient et venaient au milieu d'un joyeux brouhaha. Claude avisa soudain Véronique Legallet et son frère Thierry, qui tenaient un stand de beurre, œufs et fromages.

« Voilà Véronique et son frère ! souffla-t-elle

à ses cousins. Achetons-leur des œufs. Nous ferons allusion au goûter de cet après-midi. Ce sera une excellente entrée en matière. »

Véronique était une gentille fille blonde, et son grand frère Thierry, âgé d'environ quinze ans, un garçon sympathique aux yeux vifs et pétillants d'intelligence.

« Tiens ! Claude Dorsel ! s'exclama-t-il en souriant. François ! Mick ! Annie ! Salut, Dagobert ! Tu me donnes la patte ? »

Les enfants firent leurs achats, puis Mick, très naturellement, annonça l'intention des Cinq d'aller goûter à la ferme dans l'après-midi.

« Entendu ! dit Véronique. Aux *Hautes-Roches*, nous serons moins bousculés qu'ici ! Nous pourrons bavarder un peu ! »

De retour aux *Mouettes*, les Cinq aidèrent Maria à ranger les provisions, puis allèrent se baigner dans la mer. Après déjeuner, ils reprirent leur cryptogramme et tentèrent de le déchiffrer plus avant.

« Faisant suite à la ferme, qui correspond certainement à celle des *Hautes-Roches*, dit François, nous trouvons une flèche descendante.

— Le trésor doit être dans la cave de M. Legallet ! s'écria Annie. La flèche indique qu'il faut en descendre les marches. Et au bout...

— Nous tomberons sur quelques casiers de bonnes bouteilles, acheva Mick en riant. Ton raisonnement est un peu simplet, ma petite Annie. Si le trésor était dans la cave, il y a belle lurette qu'on l'aurait découvert ! »

Annie, un peu vexée, répliqua :

« C'est toi qui es simplet de penser que je crois ça, Mick ! Je me suis mal exprimée. Je voulais dire que, peut-être, cette flèche indique que le trésor est caché dans la cave... sous terre ! »

Claude hocha la tête.

« Je ne pense pas, dit-elle. Même ainsi, ce serait trop simple. Le sol d'une cave a trop souvent l'occasion d'être retourné, au cours des temps. »

Elle fit une pause, hocha de nouveau la tête et poursuivit :

« Je pense aussi que si quelqu'un avait trouvé jadis le trésor de Roquépine aux *Hautes-Roches*, la légende l'aurait mentionné peu ou prou. Ou, si cela s'était passé en des temps plus récents, les gens en auraient parlé. Le secret aurait plus ou moins transpiré... car comment camoufler une fortune subite ?

— Je pense comme toi, dit François. C'est même ce qui me persuade finalement que le trésor peut bien être encore là où le seigneur de Roquépine l'a caché !

— Et c'est pour cela que nous allons continuer à chercher avec ardeur ! » s'écria Claude, pleine de fougue.

Brûlants d'impatience, ce fut bien avant l'heure du goûter que les jeunes détectives prirent le chemin de la ferme des Legallet.

Thierry et Véronique avaient averti leur mère de la venue de Claude et de ses cousins. Aussi l'aimable femme, toujours soucieuse de conten-

ter son monde, s'était-elle mise en quatre pour ses jeunes convives.

Dès leur arrivée, elle installa les Cinq dans le jardin de derrière, sous une tonnelle fleurie, et leur servit des rafraîchissements, des brioches « maison » et des fraises à la crème. Les enfants invitèrent Thierry et Véronique à se joindre à eux.

Tout en se régalant, les six compagnons se mirent à bavarder à bâtons rompus. Soudain, Véronique annonça :

« Savez-vous que, cette année, mes parents

ont pris des pensionnaires à la ferme pour
l'été ? Ça n'a été qu'après bien des hésitations
que papa s'y est résigné. Au fond, il n'y tenait
pas tellement ! N'est-ce pas, Thierry ? »

Le grand garçon acquiesça.

« C'est vrai ! dit-il. L'an dernier, les récoltes
ont été mauvaises et, par ailleurs, père a dû
emprunter d'assez fortes sommes pour
moderniser la laiterie. C'est vous dire qu'en
ce moment nous connaissons quelques embar-
ras financiers. Cela n'a rien de honteux,
d'ailleurs.

— Nous ne vous en aurions même pas parlé, reprit Véronique, si ce n'avait été cette question de pensionnaires. Vous auriez pu vous étonner de voir des étrangers chez nous.

— Ont-ils des enfants ? » demanda Annie, toujours prête à se lier d'amitié avec des jeunes de son âge.

Véronique sourit.

« Il ne s'agit pas d'une famille, expliqua-t-elle, mais de deux messieurs... deux amis qui prennent leurs vacances ensemble et que la région intéresse. Ils sont venus voir nos parents en leur déclarant qu'ils désiraient vivre au rythme de la ferme et mener un certain temps une véritable existence de campagnards. Papa a commencé par refuser, mais ils ont tellement insisté, en proposant une grosse somme pour leur pension complète, qu'il a fini par céder. »

Un brusque soupçon vint à Claude.

« Ces deux hommes, demanda-t-elle vivement, à quoi ressemblent-ils ?

— L'un est un grand blond, un colosse, mais qui paraît à moitié endormi. L'autre, au contraire, un petit brun qui ne cesse de parler, de grimacer et de s'agiter. Un vrai clown !

— Leblond et Lebrun ! s'exclama Claude.

— Vous les connaissez ? s'écria Véronique, étonnée.

— Oh ! dit Mick. Disons que nous avons eu l'occasion de les rencontrer. Claude les a baptisés Leblond et Lebrun, d'après la couleur de leur chevelure. »

Thierry se mit à rire.

« En réalité, dit-il, le grand blond se nomme Émile Frijou et l'autre Bertrand Leleur. Ils doivent s'installer à la ferme dès ce soir... »

Les quatre cousins échangèrent un regard d'intelligence, mais, avant qu'aucun d'eux n'ait eu le temps d'ouvrir la bouche, on entendit Mme Legallet appeler :

« Véronique ! Thierry ! Venez me donner un coup de main, s'il vous plaît ! »

De nouveaux arrivants s'étaient installés dans la pièce faisant office de « salon de thé » rustique et la fermière avait besoin de ses enfants pour les servir... Les jeunes détectives mirent à profit l'absence de leurs compagnons pour délibérer.

« Écoutez ! fit vivement François. Je commence à croire que Claude avait raison... On trouve un peu trop souvent Leblond et Lebrun sur notre chemin.

— Sûr que c'est louche ! s'écria Mick. Ils ont dû relever le cryptogramme du souterrain, comme nous, et sont en quête du dépôt des Templiers.

— Et ce n'est pas seulement un jeu pour eux ! grommela Claude entre ses dents. Ils croient à l'existence du trésor... comme je commence moi-même à y croire pour de bon !

— Ils le cherchent vraiment ? demanda Annie, inquiète.

— C'est de plus en plus probable, en tout

cas, répondit Claude. Il y a d'excellentes auberges, peu chères, à Kernach. Pourquoi ont-ils tant insisté pour prendre pension ici ?

— Parce qu'ils y seront à pied d'œuvre, parbleu ! s'écria Mick. Ils ont déchiffré les dessins qui les ont conduits jusqu'aux *Hautes-Roches.* Mais ensuite ?... Quel malheur s'ils allaient nous devancer ! »

Claude serra les poings.

« Que cette course au trésor soit un simple jeu ou une affaire sérieuse, déclara-t-elle, nous devons la gagner ! Pour cela, il faut réunir tous les atouts dans notre main.

— D'accord ! soupira Mick. Mais comment ?

— Commençons par nous faire des alliés ! Mettons Véronique et Thierry dans la confidence. Après tout, ils ont le plus grand intérêt à ce que nous dénichions le trésor, s'il se trouve vraiment sur les terres de leur père ! Songez donc ! En tant que propriétaire, M. Legallet en recevrait la plus grosse part. Cela renflouerait joliment ses finances !

— Fameuse idée ! applaudit Mick. Et puis, étant sur place, Véronique et Thierry seront plus à même que quiconque de nous aider !

— Donc, on leur dit tout ?

— Parfaitement ! » approuva François.

Thierry et Véronique revenaient en courant. Devant l'air grave des Cinq — car Dag, machinalement, prenait exemple sur Claude — ils s'écrièrent ensemble :

62

« Qu'y a-t-il ?

— Asseyez-vous ! dit Mick avec un geste large. Nous avons une importante confidence à vous faire... ! »

Chapitre 6

Déception pour les Cinq

Impressionnés par l'air solennel du jeune garçon, le frère et la sœur obéirent...

Quand les quatre cousins eurent achevé leur récit, Thierry et Véronique furent un moment avant de retrouver leurs esprits.

« En somme, résuma le premier, vous pensez que le dépôt, confié par les Templiers au comte de Roquépine, existe toujours et se trouve enterré dans notre propriété.

— C'est une possibilité, en tout cas ! » dit François.

Alors, à la grande surprise des jeunes détectives et à leur non moins grande joie, Véronique lâcha à son tour une bombe !

« Eh bien, j'y crois, moi ! Et pour une bonne raison... C'est que, quand nous étions petits,

Thierry et moi, notre arrière-grand-mère nous a souvent raconté que sa grand-mère à elle avait entendu parler d'un trésor caché dans la région, peut-être même sur les terres appartenant depuis longtemps à la famille.

— C'est exact ! dit Thierry. Ces contes ont bercé notre enfance, mais nous n'y ajoutions pas plus de crédit qu'à n'importe quelle autre histoire inventée pour amuser les enfants.

— De toute manière, ni papa ni maman ne croient à la réalité d'un trésor ! déclara Véronique. Mais moi... je ne peux m'empêcher d'y rêver quelquefois.

— Et voilà que vous venez nous apporter de quoi renforcer la part de vérité contenue, peut-être, dans la légende ! ajouta Thierry... Mais, dites-moi... vous soupçonnez vraiment Frijou et Leleur de vouloir dénicher eux aussi le magot ?

— Nous le pensons en effet, dit Claude. Peut-être n'en font-ils qu'un jeu, comme nous au début... Peut-être, au contraire, espèrent-ils mettre la main sur une fortune cachée. De toute façon, maintenant que vous voilà au courant, vous êtes bien placés pour surveiller les faits et gestes de vos "pensionnaires". Ouvrez donc l'œil et tenez-nous au courant ! »

Thierry et Véronique promirent aux jeunes détectives de les seconder de leur mieux dans leur passionnante recherche. Le petit groupe se sépara là-dessus...

Les quatre cousins regagnèrent les *Mouettes* en pédalant avec ardeur. L'arrivée de Leblond et

Lebrun — alias Frijou et Leleur — à la ferme des *Hautes-Roches* leur faisait l'effet d'une menace. Dès leur retour à la villa, Claude et ses cousins auraient bien voulu discuter tranquillement de la situation. Mais aucun n'en eut l'occasion...

En leur absence, de jeunes voisins étaient venus les voir et les attendaient au jardin. Une partie de cache-cache mobilisa tout le monde et, pendant ce temps, le secret du château de Roquépine fut oublié.

Ce soir-là, les enfants se couchèrent rompus... ce qui ne les empêcha pas de rêver à des coffres débordant de richesses.

Le lendemain, les Cinq se réveillèrent pleins d'entrain.

« Que faites-vous, ce matin, mes enfants ? demanda Mme Dorsel en souriant.

— Pour commencer, baignade et canotage ! » répondit Claude qui ne se lassait jamais des plaisirs de la mer.

Ses cousins étaient d'avance tout acquis à ce programme... Après avoir ramé un moment, Mick, affichant des airs de conspirateur, rentra ses avirons et, se penchant en avant :

« Alors ? demanda-t-il. Où en sommes-nous de notre mystère ? Y avez-vous réfléchi cette nuit ?

— Oui, répondit François. Et je pense que nos rivaux sont sur la bonne piste.

— Moi, soupira Claude, je suis à la fois contente et inquiète. Contente parce que, si Leblond et Lebrun suivent la même voie que

67

nous, il y a des chances pour que la piste soit bonne, comme tu dis, mon vieux.

— Et inquiète pourquoi ? demanda Annie.

— Eh bien... j'avoue que c'est peut-être une laide pensée, mais l'idée m'est venue que, si par hasard ils dénichent le trésor avant nous, ils peuvent fort bien se l'approprier !

— Ma foi, dit Mick, c'est une hypothèse à envisager. Ça ne fait de mal à personne.

— En outre, continua Claude, nos deux foui-neurs étant désormais sur les lieux, ils sont plus favorisés que nous.

— Conclusion, résuma François. Nous devons presser le mouvement !

— Et aboutir avant eux ! précisa Mick. La flèche dirigée vers le bas indique qu'il faut com-mencer par descendre...

— Donc, enchaîna Annie qui tenait à son idée première, faisons des fouilles dans le sous-sol de la ferme !

— On t'a déjà fait remarquer qu'il avait dû être tourné et retourné au cours des siècles.

— Cependant... en dehors du sous-sol... où peut-on bien descendre ?

— On peut toujours commencer par là, estima Claude. Allons donc voir sur place ! Thierry et Véronique nous aideront. Après tout, ils sont en vacances comme nous et ont tout intérêt à trouver le trésor pour renflouer les finances paternelles. Allez, Mick ! Reprenons les avirons et souquons dur ! On rentre. »

Les Cinq, ayant décidé de retourner aux

Hautes-Roches le plus tôt possible, se mirent en route après le déjeuner.

Thierry et Véronique les accueillirent avec joie. La seule perspective d'une chasse au trésor faisait briller leurs yeux.

« Par où pensez-vous commencer ? demanda Thierry.

— Par l'examen du sous-sol de la ferme ! répondit François. Mais il faudra sans doute demander la permission à ton père ! »

Mis dans la confidence, M. Legallet se mit à rire.

« Cette histoire de trésor est ridicule, déclara-t-il. Mais si cela vous amuse de fouiller les caves, je n'y vois pas d'inconvénient, à condition que vous n'y mettiez pas de désordre. »

Et il s'éloigna, toujours riant. Claude n'était pas très contente. Le scepticisme du fermier la vexait. Elle regrettait presque de l'avoir mis au courant de leurs projets.

« Pourvu qu'il ne dise rien à vos deux pensionnaires ! soupira-t-elle, inquiète.

— Rassure-toi, dit Véronique. Papa n'est pas du genre bavard. Allez, viens ! Descendons ! »

Les caves de la ferme s'étendaient, non seulement sous la maison d'habitation, mais sous les dépendances. Toutes étaient propres, aérées, bien tenues, mais encombrées d'objets divers. Les jeunes enquêteurs s'intéressèrent surtout aux plus anciennes. Hélas ! ce fut en vain qu'ils en sondèrent le sol et les murs. Nulle part cela ne sonnait creux, nulle part ils ne découvrirent le plus petit indice pour les guider.

La fin de l'après-midi arriva sans qu'ils aient obtenu le moindre résultat. Thierry et Véronique étaient déçus, Annie à bout de forces, François, Mick et Claude couverts de poussière. Dag lui-même avait, au bout du museau, une toile d'araignée qui le faisait éternuer.

« Chou blanc ! soupira Mick, résumant ainsi l'opinion générale.

— Alors ! On abandonne ? murmura timidement Véronique.

— Jamais de la vie ! s'écria Claude avec force. Nous avons une flèche indiquant qu'il faut descendre, et nous descendrons.

— Oui... mais où ?

— Tu es sûre de nous avoir montré le sous-sol en entier ?

— Heu..., fit Véronique. Il y a bien encore l'ancien puits ! Il est à sec. Mais ce n'est pas un "sous-sol", ça !

— Bien sûr que si ! affirma Mick, puisqu'il se trouve au-dessous du sol ! Allons ! Venez, vous autres ! Un dernier effort ! »

Sur les conseils de François, Thierry se munit d'une forte corde et d'une lampe électrique.

« Pourquoi une lampe ? demanda Annie. Il fait encore jour !

— Oui, mais, au fond du puits, on y verra moins clair, tu peux en être sûre. »

Le puits se trouvait derrière la ferme. François, après s'être attaché la corde autour du corps, demanda aux autres de le descendre len-

tement. Pour plus de précaution, l'autre extrémité de la corde était fixée à un arbre voisin.

Tout en descendant, le grand garçon examinait les parois du puits à l'aide de sa torche électrique. Soudain, il poussa une exclamation : il venait de repérer une flèche blanche, dirigée vers le bas.

« Eurêka ! cria-t-il. Je crois avoir trouvé quelque chose... Laissez-moi filer jusqu'au fond. Je suis sur la bonne voie ! »

Hélas ! Une fois au fond du puits, François dut déchanter. Il trouva d'autres flèches... et s'aperçut qu'elles avaient été tracées à l'aide d'une peinture blanche très moderne, sans doute par les ouvriers qui avaient curé la fosse et auxquels elles servaient de point de repère quelconque.

Par acquit de conscience, François sonda le sol et les parois, à l'aide d'un marteau... sans rien trouver, hélas ! Ce travail l'exténua. Il remonta bredouille. Ses compagnons et lui se montrèrent fort dépités de leur échec. Ce fut dans un morne silence que, ce soir-là, les Cinq rentrèrent chez eux...

Le lendemain, pourtant, remis de leur fatigue et ayant retrouvé leur fougue habituelle, ils repartirent pour la ferme avec entrain... Installés dans le jardin de derrière, ils tinrent conseil avec les jeunes Legallet auxquels Claude déclara :

« Nous devons chercher encore, et plus minutieusement. La fortune de votre père dépend peut-être de notre acharnement à découvrir ce fameux trésor... À cœur vaillant, rien d'impossible ! » ajouta-t-elle dans une grande envolée lyrique. Un éclat de rire, derrière elle, la fit redescendre sur terre... Elle aperçut... Leblond et Lebrun. C'était celui-ci qui riait !

« Alors, les gosses ? On joue au grand jeu du trésor, n'est-ce pas ? Amusant, ça ! Mais il y a peu de chances que vous le découvriez... après tout ce temps, pensez ! Et puis, ça peut être dangereux ! »

Les quatre cousins se regardèrent.

Pour la première fois, la bonne humeur de « Lebrun » semblait factice. Pour la première fois, aussi, il faisait ouvertement allusion à la chasse au trésor, par ailleurs, il semblait vouloir décourager les enfants dans leur quête. Enfin, la lueur dangereuse qui brillait dans son regard laissait deviner en lui un adversaire.

Dag lui-même paraissait considérer l'individu avec des yeux nouveaux. Il avait l'air de penser :

« Tiens, tiens ! Crécoquin ! Tu n'es pas du tout, au fond, le brave homme que j'imaginais ! » Mais il se contenta de manifester son sentiment par un « Ouah ! » sonore.

Les deux hommes s'éloignaient déjà. Mick serra les poings.

« Flûte ! Ils ont entendu notre conversation.

— Au moins, s'écria Claude, nous savons maintenant à quoi nous en tenir ! Avez-vous remarqué la menace contenue dans ses paroles ? Et ce ton... ce regard...

— Ainsi, sa bonhomie était feinte ! soupira Thierry. Dire que je le trouvais plutôt sympa, ce gars-là !

— Nous voici donc avec deux adversaires sur les bras ! résuma François. La situation est nette.

— Allons ! dit Mick en se levant d'un bond. Ne perdons plus de temps ! Au travail, mes amis ! »

Hélas ! Cette journée apporta deux autres déceptions aux jeunes détectives. Ils la consacrèrent à explorer, plus en détail que la veille, les deux caves principales de la ferme. Ce fut en pure perte. Première déception !... La seconde fut causée par une manœuvre sournoise de Leblond et Lebrun...

Leblond et Lebrun passent à l'attaque

Comme, dans l'après-midi, les enfants interrompaient leurs recherches pour goûter sous la tonnelle fleurie, Mme Legallet s'approcha d'eux. « Demain, annonça-t-elle aux Cinq en déposant sur la table un appétissant plateau, Thierry et Véronique ne pourront pas jouer avec vous, mes jeunes amis !

— Première nouvelle ! s'écria Thierry en ouvrant de grands yeux. Pourquoi cela ?

— Parce que votre père a décidé de vous faire embaucher à la laiterie des Roncier pour le restant de vos vacances. Les temps sont durs pour nous, vous le savez, et je peux suffire ici avec Janette, notre employée. Alors... en dépannant nos amis Roncier qui sont à court de personnel, vous dépannez en même temps votre père, vous comprenez ! Lui-même, le pauvre, travaille comme quatre en ce moment !

— Mais, s'écria Véronique, ébahie, papa ne nous a encore parlé de rien !

— Oh ! La chose s'est conclue rapidement. Votre père ne songeait pas à vous laisser partir mais c'est MM. Frijou et Leleur qui lui en ont soufflé l'idée : "Vos enfants seront tout fiers de vous rapporter un peu d'argent, ont-ils dit. Et cela les amusera puisque les petits Roncier travailleront avec eux." »

Thierry et Véronique n'étaient pas fâchés de la décision paternelle mais, quand leur mère se fut éloignée, Claude éclata :

« Vous avez compris la manœuvre ? s'écria-t-elle. Ces deux misérables veulent vous éloigner d'ici ! Ils pensent que, sans votre aide, nous aurons moins de chances de découvrir la cachette du trésor !

— Ça m'en a tout l'air ! admit Thierry. La seule chose qui me console, c'est que le trésor n'existe peut-être pas !

— Mais s'il existe, s'empressa d'ajouter Véronique, je suis sûre que vous finirez par le dénicher, même sans nous ! »

Néanmoins, le coup était rude pour les Cinq. Les jours suivants, privés du concours des jeunes Legallet, ils ne firent aux *Hautes-Roches* que des apparitions irrégulières. Les recherches, continuées avec moins d'enthousiasme, n'aboutissaient toujours pas. Les quatre cousins passaient le reste du temps à jouer...

76

Et puis, un soir, il se produisit un événement étrange... Les Cinq revenaient justement de la ferme... Pour rejoindre la route, les jeunes cyclistes avaient coutume de prendre par un petit chemin creux, qui descendait en pente assez raide et où il faisait plutôt sombre.

Annie, qui pédalait en tête, jeta soudain un cri d'effroi. Sa machine venait de rencontrer un obstacle invisible et s'était arrêtée brutalement. La petite fille s'envola par-dessus son guidon et alla atterrir dans un fossé plein d'orties.

Déjà, ses frères et Claude, ayant mis pied à terre, se précipitaient pour la secourir.

« Annie ! Tu n'as rien de cassé, au moins ?

— Donne-moi la main. Je vais te tirer de là !

— Tu es joliment arrangée, ma pauvre ! »

Annie ne pouvait retenir ses larmes. En plus de larges écorchures provoquées par sa chute, elle souffrait de mille piqûres urticantes dues aux orties. Mais il y avait pire...

« Ma cheville ! dit-elle gémissant. Oh ! Ma cheville ! »

François, consterné, s'aperçut que sa sœur ne pouvait marcher sans souffrir : elle s'était foulé la cheville, celle-ci enflait déjà. Il conseilla vivement :

« Monte sur le cadre de ma bicyclette. Je vais te ramener aux *Mouettes* en un rien de temps. Tante Cécile te fera des compresses qui te soulageront, tu verras !

— Et ne t'en fais pas pour ton vélo, ajouta Mick. Je m'en charge. Allez ! Tu viens, Claude ? »

Mais Claude, plantée devant un des solides arbustes bordant le chemin, ne répondit pas. Elle était occupée à regarder quelque chose. Dag, à côté d'elle, flairait le sol.

« Qu'y a-t-il ? demanda Mick en se rapprochant.

— Tiens ! fit simplement Claude. Regarde ! »

Le jeune garçon s'aperçut alors qu'une ficelle était attachée au tronc mince mais résistant de l'arbuste. Une bonne longueur de la ficelle, qui s'était rompue sous le choc, traînait à terre.

« Regarde ! fit encore Claude en traversant le chemin et en montrant un second arbuste qui faisait vis-à-vis au premier. L'autre extrémité de la corde était attachée ici. Comprends-tu ce que cela signifie ! Quelqu'un a tendu une ficelle dans ce chemin pour faire tomber le premier qui passerait. »

François, qui avait entendu, grommela :

« Quelle plaisanterie stupide ! Annie aurait pu se blesser sérieusement ! »

Claude le regarda d'un air pensif.

« Je ne crois pas, dit-elle, qu'il s'agisse d'une simple farce. Quand nous revenons de la ferme, nous passons toujours par ce raccourci. On a pu le remarquer et tendre la ficelle au bon moment... pour éliminer l'un de nous... »

Mick dévisagea sa cousine, bouche bée.

« Tu veux dire... Leblond et Lebrun ?... »

Il ne s'exprima pas plus clairement, mais tous avaient compris.

« Parfaitement, dit Claude. Ils nous ont déjà privés de deux précieux auxiliaires en éloignant

Thierry et Véronique. À présent, j'ai idée qu'ils essaient de se débarrasser de nous pour avoir finalement les mains libres et chercher tranquillement le trésor des Templiers, sans risque de concurrence ! »

François se mit à rire, d'un rire un peu nerveux.

« Ton imagination galope une fois de plus, Claudinette ! Ce n'est pas parce qu'un mauvais plaisant a tendu une ficelle entre deux arbres qu'il faut accuser d'emblée Frijou et Leleur ! »

Claude avait horreur d'être appelée Claudinette. Elle fit une grimace à son cousin et, haussant les épaules, répliqua :

« Pense ce que tu voudras ! Moi, je crois ce que je crois. Je voudrais bien me tromper, remarque ! Mais quelque chose me souffle que j'ai deviné juste ! »

Tandis que François démarrait, emportant Annie sur son cadre, Mick et Claude se remirent en selle.

« Je suis de ton avis, tu sais, Claude ! soupira Mick. Ces deux bonshommes, qui semblaient si sympathiques au début, me font l'effet d'adversaires peu commodes ! Ouvrons l'œil, ma vieille ! Ils peuvent encore nous réserver des surprises ! »

Une fois aux *Mouettes*, Annie, pansée par sa tante, se vit momentanément condamnée à l'immobilité... Allongée sur le divan, elle fut servie comme une reine tout au long du dîner.

« Après une bonne nuit, lui dit tante Cécile, tu iras beaucoup mieux, ma chérie. Mais il est probable que tu ne pourras pas marcher pendant un jour ou deux. Et il faudra attendre davantage encore avant de te remettre à pédaler ! »

Le lendemain matin, Claude et Mick tinrent compagnie à Annie, étendue sur une chaise longue, au jardin, tandis que François se chargeait d'aller faire les commissions de sa tante...

Le grand garçon, un peu assombri par l'accident de sa sœur, partit à bicyclette pour Kernach. Le marché, pittoresque et animé à son ordinaire, lui parut moins gai du fait qu'il y était seul. Et puis, Thierry et Véronique, retenus à la ferme des Roncier, n'étaient pas là pour lui changer les idées. Il acheta des œufs et du beurre à Janette, l'employée des Legallet, qui tenait l'étalage à la place des enfants de ses patrons.

« Les autres ne sont pas venus avec vous ? » demanda-t-elle.

François lui apprit l'accident d'Annie, en taisant les soupçons de Claude. Janette s'exclama :

« En voilà une farce idiote ! Quelqu'un a dû tendre cette ficelle juste avant votre départ à la ferme. Je suis sûre du moment, parce que j'ai vu M. Frijou et M. Leleur déboucher de ce sentier peu de temps avant. S'ils avaient eu leur route barrée par la ficelle, ils en auraient parlé, pensez ! Et puis, ils l'auraient enlevée ! »

« Au contraire, pensa tout bas François, il y a bien des chances pour que ce soit eux qui l'y aient mise ! Claude ne s'était donc pas trompée ! »

Après avoir pris congé de Janette, il se hâta d'aller retrouver Mick, Claude et Annie pour les mettre au courant de sa découverte.

« Ça ne m'étonne pas ! s'écria Mick. Ces tristes individus ne cachent même plus leur jeu ! Sais-tu ce qu'ils ont fait en ton absence ? Ils ont lancé une boulette à Dago, à travers la grille du jardin !

— Heureusement, enchaîna Claude, outrée, que mon chien est intelligent. Au lieu de se laisser tenter par la viande, il s'est mis à aboyer comme un furieux, sans y toucher. Nous sommes arrivés en courant, juste à temps pour

81

voir ces deux misérables disparaître au prochain tournant. Et ne me demande pas si la boulette était empoisonnée. Je l'ai portée à papa. Il lui a suffi de l'ouvrir et de la flairer pour en être sûr !

— Ce sont des lâches ! gronda François. Ils s'en sont pris d'abord à Annie et maintenant à Dag... Au fait, qu'a dit oncle Henri à propos de cette boulette ? Tu lui as parlé de Lebrun et Leblond ?

— Penses-tu ! protesta Claude. Je m'en serais bien gardée ! Il serait intervenu et nous n'aurions plus eu les mains libres.

— Tout de même, soupira François en hochant la tête. Il va falloir nous montrer très prudents. Ces gaillards-là ont décidément jeté le masque et ils ne reculent pas devant les grands moyens.

— Et moi, je ne reculerai pas devant eux ! jeta Claude. Je vengerai Dago ! Du reste, il est très capable de se venger lui-même. Ces bandits n'ont qu'à bien se tenir ! »

Elle était dans une telle fureur que ses cousins eurent du mal à la calmer. Enfin, elle s'apaisa.

« N'empêche que la guerre est bel et bien déclarée ! conclut Mick. Nous savons à présent que ces hommes sont dangereux. Il faudra veiller au grain désormais. »

Le lendemain, Annie allait mieux, mais était encore immobilisée. François, comme la veille, s'offrit à faire seul les courses.

« Cet après-midi, dit-il à Claude et à Mick,

c'est moi qui resterai auprès d'Annie pour la distraire, pendant que vous irez vous promener ! »

Le grand garçon se mit en selle d'un bond et partit pour Kernach d'où il devait rapporter deux poulets commandés par Maria. Une fois sa commission faite, il filait à bonne allure sur le chemin du retour quand, soudain, un chien déboucha d'une haie et se précipita sous ses roues. François, pour l'éviter, braqua sur la droite en freinant à mort. Alors, à sa grande horreur, il s'aperçut que ses freins ne répondaient plus...

Avant qu'il ait pu se rendre compte de ce qui lui arrivait, il se retrouva dans le fossé, comme Annie l'avant-veille !

Par bonheur, il avait eu plus de peur que de mal. Mais sa fureur grandit encore quand, ayant examiné son vélo, il s'aperçut que le câble de son frein avait été limé presque à fond. À la première sollicitation, il devait se rompre, c'était fatal ! François avait été victime, non d'un accident, mais d'un véritable attentat !

Il revint aux *Mouettes*, fou de rage, pour mettre les autres au courant de son aventure.

« Encore Leblond et Lebrun ! s'écria-t-il. Il faut prévenir l'oncle Henri ! »

Claude se mit à rire, d'un rire sans joie.

« Toi qui disais que je laissais courir mon imagination, voilà que tu accuses sans preuves, maintenant !

— Des preuves ! Comme s'il m'en fallait !

s'exclama François. Janette a vu déboucher ces hommes du chemin creux, juste avant la chute d'Annie ! Hier, ils ont tenté d'empoisonner Dag, et aujourd'hui ils ont saboté mon vélo pendant que j'étais chez le marchand de volaille. Je l'avais laissé dans une petite ruelle, tout à côté. Ces bandits en ont profité !

— Mais tu ne peux pas le prouver ! répéta Claude. Et, faute de preuves, papa ne pourra rien faire contre eux. Son accusation tomberait à plat ! Laisse donc mon père à ses travaux et ne va pas tracasser maman qui se ferait du souci. Défendons-nous nous-mêmes ! Après tout, les Cinq sont assez forts pour se débrouiller seuls ! Dès qu'Annie sera sur pied, nous retournerons aux *Hautes-Roches* et nous trouverons le trésor.

— Si ces gredins ne l'ont pas déniché avant ! soupira Mick.

— Bah ! J'ai confiance dans notre étoile... et dans mes pressentiments ! » déclara Claude.

Elle parlait avec une telle conviction que ses cousins s'en trouvèrent réconfortés.

Chapitre 8

Annie a une idée

Dans l'après-midi, Mick et Claude laissèrent François disputer une partie de dames avec Annie pour se rendre sur la plage. Les deux cousins avaient décidé de faire de la plongée sous-marine. À leur suite, Dago, tout heureux de la sortie, bondit à bord du *Saute-Moutons*, qui s'éloigna bientôt du rivage, sous la vigoureuse poussée des avirons.

« Je connais un coin épatant ! dit Claude tout en ramant. C'est assez loin, mais il y a des fonds splendides. On pourra voir un tas de jolis poissons.

— N'y a-t-il pas trop de fond pour jeter l'ancre ? demanda Mick.

— Non, juste assez, tu verras ! »

Arrivés à l'endroit choisi par Claude, Mick mouilla l'ancre. Puis les deux cousins se hâtèrent de revêtir leur tenue de plongée, cadeau de M. Dorsel. Chaque équipement comprenait un petit réservoir d'air. Bref, les enfants pouvaient nager assez longuement sous l'eau sans avoir à remonter.

Claude et ses cousins avaient en horreur la cruelle chasse sous-marine. Au lieu de tuer les animaux qu'ils rencontraient, ils préféraient les admirer et les voir évoluer dans un décor féerique... Cette fois encore, Mick et Claude, après avoir plongé, se laissèrent aller à la griserie du moment.

Ils glissaient entre les algues, contournaient des rochers sombres, dispersaient des bancs de petits poissons argentés, faisaient onduler au passage des anémones roses et mauves...

Enfin, le sourire aux lèvres, ils remontèrent à la surface. Un cri de stupeur leur échappa alors : leur canot avait disparu... ou, plutôt, ils l'apercevaient, là-bas, assez loin d'eux, emporté vers le large par un courant rapide.

« Ce n'est pas possible ! bégaya Mick après s'être vivement débarrassé de son masque. Je l'avais pourtant bien ancré !

— Et Dag ? hurla Claude. Dag est resté à bord ! »

Mais non ! Un aboiement lui fit tourner la tête. Elle aperçut Dag qui nageait dans sa direction, tout près d'elle. Il tenait dans sa gueule la moitié d'une manche de veston !

Mick, de son côté, avait repéré un canot à moteur qui s'éloignait à vive allure, fonçant vers le lointain rivage. Deux hommes l'occupaient et, bien qu'on ne pût distinguer leurs traits à pareille distance, les enfants devinèrent en un clin d'œil qui ils étaient et ce qui venait de se passer...

Montés à bord du canot à moteur, Leblond et Lebrun, surveillant les deux cousins à l'aide de jumelles, avaient attendu qu'ils aient plongé. Alors, ils s'étaient rapidement approchés du *Saute-Moutons* et avaient détaché la chaîne de l'ancre, non sans essuyer les redoutables crocs de l'adversaire. Leur coup fait, ils s'étaient enfuis. Le *Saute-Moutons*, entraîné par le courant, laissait les enfants sans autre solution que de rentrer à la nage... s'ils en avaient la force !

« Les misérables ! s'écria Mick. Si nous évitons la noyade, ce ne sera pas leur faute !

— En tout cas, Dag ne les a pas ratés ! J'espère qu'avec la veste, il a mordu ce qu'il y avait dessous ! Mais, dans la lutte, il a dû tomber à l'eau et les autres en ont profité pour filer pleins gaz. En tout cas, ces deux fripouilles ne perdent rien pour attendre ! Mick ! Dag ! Courage ! Droit à la côte ! On rentre ! »

Par bonheur, un petit bateau de pêche vint au secours des trois naufragés avant qu'ils aient effectué la moitié de la distance à parcourir. Mick se hissa à bord avec soulagement : ses forces commençaient à diminuer. Claude et Dago eux-mêmes avaient du mal à se maintenir à la surface.

Les marins poussèrent la complaisance jusqu'à rattraper le *Saute-Moutons* et à le prendre en remorque.

« Pas étonnant qu'il ait pris la poudre

d'escampette ! constata l'un des pêcheurs. La chaîne de l'ancre s'est décrochée. C'est même la première fois que je vois ça ! Curieux ! »

Claude et Mick échangèrent un regard d'intelligence : ils savaient à quoi s'en tenir. Hélas ! Cette fois encore, ils ne possédaient aucune preuve tangible de la culpabilité de Frijou et Leleur !

Ce soir-là, après avoir délibéré entre eux et commenté l'événement, les quatre cousins décidèrent que, comme pour « l'accident » de François, on passerait sous silence l'aventure de Claude et de Mick.

« Ces gens sont des assassins ! murmura Annie, frissonnante.

— Je ne le pense pas, dit François. Plutôt des gens malfaisants qui veulent seulement nous effrayer et nous décourager afin que nous abandonnions nos recherches.

— Je suis de ton avis, déclara Mick. Leblond et Lebrun ne souhaitent pas notre mort. N'empêche qu'ils poussent un peu loin leurs tentatives d'intimidation ! »

Annie, cependant, se rétablissait vite. Dès qu'elle fut « sur ses deux pieds », les Cinq reprirent leurs investigations avec une ardeur décuplée... Leur réapparition aux *Hautes-Roches* fut saluée par le sourire des fermiers et les regards malveillants de leurs deux pensionnaires. Mais les jeunes détectives étaient bien décidés à ne pas se laisser impressionner. Ils se tenaient pourtant sur leurs gardes.

Agissant avec diplomatie, ils semblaient

avoir abandonné leur chasse au trésor et ne venir à la ferme que pour goûter. C'était sans doute habile ! Malheureusement, Leblond et Lebrun rôdaient autour d'eux, ce qui leur liait les mains. Il fallait sortir de cette impasse.... Un soir, pour la centième fois peut-être, ils se penchèrent sur le cryptogramme pour l'étudier.

« Vous savez ! commença timidement Annie. Pendant que j'étais immobilisée je n'ai pas cessé de penser à la flèche descendante et au signe qui vient après... Cela m'a donné une idée...

— Je ne vois pas en quoi ce petit vermisseau qui semble ramper sur le sol a pu t'inspirer ! soupira Mick.

— À moins que ce dessin ne nous suggère une chasse au serpent ! plaisanta François.

— Ou ne nous invite à piquer une tête dans la mer ! dit Claude. Après tout, cette ligne qui ondule à l'horizontale peut très bien représenter de l'eau !

— C'est ce que je pense, en effet ! déclara gravement Annie en soulignant du doigt le signe faisant suite à la flèche. De l'eau !

— Mais il n'y a pas d'eau sous la ferme ! protesta Mick.

— Si ! insista Annie. Dans la vieille citerne ! »

François, Mick et Claude se regardèrent d'un air ahuri.

« La citerne ! répéta Claude. Tu veux dire ce vieux truc qui se trouve dans la grande cour, près des étables ?

« — Mais oui ! Pourquoi pas ? On descend, on trouve l'eau et... on découvre le coffre au trésor. Car l'avant-dernier dessin ne peut que représenter le dépôt des Templiers, qu'en pensez-vous ?

— Annie a raison ! s'écria François. Nous n'avions pas considéré la citerne comme un "sous-sol" car elle contient de l'eau, mais cette sinusoïde prouve que nous avions tort !

— Cette sinu... quoi ? demanda Annie, effarée.

— Cette ligne ondulante, si tu préfères. Oh ! Annie ! Tu es un grand détective ! On devrait te décorer de la médaille d'honneur en chocolat ! »

Au milieu de l'enthousiasme général, les quatre cousins dressèrent un plan d'action...

« Pas question d'opérer de jour ! déclara Claude. L'adversaire n'aurait qu'à nous emboîter le pas... ou nous neutraliser ! Nous explorerons donc la citerne de nuit !

— Hum ! commença François qui avait des scrupules de conscience. Mon oncle ne nous donnerait certainement pas la permission s'il savait...

— Aussi, nous ne la lui demanderons pas ! coupa Mick. En somme nous ne faisons rien de mal... au contraire ! Si nous réussissons, n'oublie pas que ce brave M. Legallet y trouvera son avantage !

— Cependant, objecta Annie, il peut y avoir du danger...

— *"À vaincre sans péril, on triomphe sans*

gloire !" chantonna Claude qui n'avait jamais peur de rien. Du reste, ce n'est pas toi qui descendras dans la citerne mais moi seule !... Ne proteste pas, François ! Tu as exploré le puits. À chacun son tour, mon vieux ! Cette nuit, donc, grande expédition aux *Hautes-Roches.* D'accord, Dag ?

— Ouah ! » fit celui-ci d'un air convaincu.

Chapitre 9

Le passage secret

Cette nuit-là, quand la villa fut endormie, les Cinq se relevèrent sans bruit et, dûment équipés de cordes et de lampes, s'élancèrent, à grands coups de pédales, vers l'aventure qui les attendait...

Les jeunes détectives n'eurent aucune peine à pénétrer dans la cour des Legallet. Les chiens, qui connaissaient bien les enfants et Dag, n'aboyèrent même pas. Leblond et Lebrun devaient dormir, comme les autres occupants de la ferme.

« Nous voilà à pied d'œuvre, murmura François en s'arrêtant devant la citerne. Commençons par ôter le couvercle... »

La chose fut rondement menée. Penchés sur la margelle de l'antique réservoir, les cinq plongèrent leurs regards à l'intérieur.

« Il y a de l'eau, mais seulement tout au fond ! dit Annie.

— Oui, acquiesça Mick. Cette citerne n'est plus utilisée, je crois... Il faut descendre... chic ! J'aperçois des crampons. Ils forment une sorte d'échelle. Fais bien attention, Claude ! Ils sont peut-être rouillés et ne supporteront pas ton poids.

— Bah ! fit Claude. Je vais attacher cette corde autour de ma taille, comme François l'autre jour. Ce sera une précaution rassurante. L'autre extrémité sera fixée à la citerne même ! »

Quand Claude fut prête, elle commença à descendre prudemment. Ses cousins l'éclairaient de leurs torches et ne la quittaient pas des yeux. Dag, inquiet, la regardait lui aussi.

« Ça va ! souffla la jeune exploratrice. Les crampons tiennent bon ! Ils sont solides ! »

Soudain, ses cousins la virent s'arrêter et allumer la petite lampe électrique qu'elle avait accrochée en sautoir à son cou pour observer de près une portion de la paroi circulaire, au niveau de sa tête.

« Ohé ! appela-t-elle au bout d'un moment. Il y a là un orifice... juste assez large pour qu'on puisse s'y introduire en rampant. Je me demande s'il s'agit d'un passage... et où il conduit. Attendez ! Je vais voir !

— Sois prudente ! » lança François en se penchant davantage.

Mais, déjà, on n'apercevait plus que les pieds de Claude en train de disparaître dans le trou...

Mick donna du mou à la corde qui se mit à filer par à-coups, suivant la progression de Claude. Puis elle s'immobilisa.

Du temps passa... Claude devait explorer sur place... N'y tenant plus, Mick, impatient, finit par tirer la corde à lui. À son grand effroi, elle ne lui opposa aucune résistance... Bientôt, son extrémité apparut libre... Claude avait disparu !

François, Mick et Annie se regardèrent avec angoisse. Qu'était devenue leur cousine ? Pourquoi s'était-elle détachée ? Que lui était-il arrivé ?

« Claude ! bégaya Annie dans un sanglot.

— Je vais la chercher ! » décida François.

Déjà il attachait fermement la corde autour de lui quand une tête brune jaillit de la citerne...

« Coucou ! C'est moi !... Oh ! Vous vous tracassiez ? La bonne blague ! Cette corde me gênait. Alors, je m'en suis débarrassée voilà tout !... Si vous saviez ce que j'ai découvert !

— Claude ! s'écria François en colère.

— Tut, tut ! François ! Tu me gronderas plus tard. Écoutez plutôt... ! »

Et Claude révéla à ses cousins que le boyau partant de la citerne était un passage en maçonnerie, très praticable. Il descendait jusqu'à une grotte de la côte.

« Quel rapport avec le trésor des Templiers ? dit Mick, déçu. Ce souterrain devait servir jadis d'issue secrète par où les gens du château pouvaient s'enfuir en cas d'attaque de l'ennemi, c'est certain. Une grotte ! Tout le monde peut y accéder de la mer ou par la plage !

— Je suis d'accord avec toi ! répondit Claude. Mais peut-être y a-t-il une cachette à l'intérieur... je dirais même qu'il *doit y* en avoir une. Sinon, pourquoi le cryptogramme l'indiquerait-il ?

— Il indique la grotte ? demande Annie, sceptique.

— Pas exactement. Mais la flèche montre qu'il faut descendre dans la citerne et la ligne ondulante désigne, elle, non l'eau du fond de la citerne, mais bien les vagues de la mer, comme je l'avais pensé tout d'abord. Le trésor est donc à proximité de la mer.

— Je veux bien, admit François. Mais as-tu réussi à situer la grotte en question ?

— Oui ! s'écria Claude, triomphante. Et je vous y conduirai demain, directement, sans que nous ayons besoin de repasser par ici ! »

Ce soir-là, enfin, les enfants se couchèrent satisfaits, avec le sentiment de la victoire toute proche... Le lendemain, fatigués par leur nuit écourtée, ils se levèrent plus tard que de coutume mais animés d'un entrain nouveau.

« Nous allons prendre le *Saute-Moutons* et nous rendre à la grotte au trésor ! décida Claude.

— Ne te hâte pas de la baptiser ainsi ! dit François. Tu oublies que bien des gens sont passés par là avant nous !

— Bah ! fit Mick dont rien ne pouvait entamer le moral depuis qu'il avait une piste à suivre. Il faut avoir confiance ! Après tout, même si nous n'avions qu'une chance de retrouver la fortune des Templiers, il faudrait la tenter ! »

Quelques instants plus tard, le *Saute-Moutons* longeait la côte en direction de la fameuse grotte repérée la veille par Claude. Tandis que Mick et sa cousine ramaient, François observait l'horizon et Annie expliquait à Dagobert qui l'écoutait gravement :

« Tu comprends, Dag ! Le dessin qui vient après les vagues de l'océan représente le coffre contenant le trésor de Roquépine. Et le dernier signe... le trait horizontal... ma foi, ce doit être le sol sur lequel repose le coffre en question ! »

François sourit. Il pensait qu'il serait trop beau de trouver le coffre aussi facilement ! Il réfléchissait... Sans doute la grotte renfermait-elle une cachette très secrète !

« Attention ! lança Claude. Nous arrivons ! »

Du geste, elle désignait, parmi les rochers de la côte, une caverne sombre, grossièrement arrondie en dôme, qui s'ouvrait sur une jolie plage de sable fin.

« J'ai calculé que la mer ne serait pas haute avant deux bonnes heures ! continua-t-elle. Cela nous laisse le temps de fouiner pas mal de côté et d'autre.

— En nous y mettant tous, c'est bien le diable si nous ne découvrons pas un indice quelconque ! s'écria Mick.

— Ouah ! » fit Dagobert en signe d'approbation.

Mick mouilla l'ancre du *Saute-Moutons*. Ce faisant, il déclara à sa cousine :

« Tu sais ! Je regrette l'ancre et la chaîne que nous avons perdues au large par la faute de nos ennemis. L'ancre, passe encore ! La nouvelle fait aussi bien l'affaire ! Mais la chaîne...

— Il m'a été impossible d'en trouver une qui me convienne, dit Claude. Il faudra que j'aille voir en ville ! En attendant, nous devons nous contenter de cette corde. Mais elle est solide. Ne t'en fais pas ! »

Les Cinq sautèrent sur le sable et, lampe électrique au poing, entrèrent dans la « grotte au trésor »... Elle était plus vaste et plus profonde qu'ils ne l'avaient supposé. Le sol s'élevait en pente douce, assez profondément au cœur de la falaise.

« Nous voici avec du pain sur la planche ! constata François. Allons ! Au travail ! »

En garçon méthodique qu'il était, il attribua à chacun une portion de la caverne à explorer. L'examen des lieux promettait de n'être guère facile avec ce sol déclive, que les algues rendaient glissant.

Claude montra à ses cousins, à bonne distance au-dessus du sol, l'orifice du boyau partant de la citerne.

« Je pense, dit-elle, qu'à marée haute la mer doit atteindre le passage et même l'envahir en partie. C'est tapissé d'algues humides, là-haut ! »

Les jeunes détectives se mirent sérieusement à leur travail d'exploration.

Au fur et à mesure, ils s'enfonçaient davantage à l'intérieur de la grotte. Annie sondait les parties basses, Claude et Mick les parties plus hautes. François, étant le plus grand, se réservait les « étages supérieurs ». À un certain moment même, intrigué par une fissure du roc située bien au-dessus de lui, il pria Mick de lui faire la courte échelle pour l'inspecter... sans résultat, d'ailleurs.

Le temps passait et les quatre cousins s'acharnaient à découvrir, dans cette mystérieuse grotte, une faille quelconque qui leur eût révélé une cachette ou un second boyau secret. En vain, hélas !

Dag lui-même flairait le sol, grattant parfois

les rochers à sa portée, mais ne réussissant qu'à déloger des armées de petits crabes jaunes.

Soudain, alors que les deux garçons et Claude étaient très loin au fond de la grotte, Annie, restée plus près de l'entrée, poussa un cri d'alarme :

« Regardez ! L'eau monte ! Et rapidement, encore...

— Flûte ! jeta Mick. Nous avons oublié l'heure... et la marée.

— Rentrons vite à la maison ! » ordonna François.

Chapitre 10

Le temps se gâte

À peine les enfants étaient-ils sortis de la grotte qu'un cri de stupeur leur échappa. Le ciel était devenu d'un noir d'encre. Et l'océan, aussi noir que lui, déroulait des vagues menaçantes, crêtées d'écume blanche.

Un éclair zébra la nue, presque aussitôt suivi par un formidable coup de tonnerre.

« Nous aurions dû consulter le baromètre avant de sortir en mer ! s'écria François. Quel âne je fais de n'y avoir pas pensé ! Je suis pourtant l'aîné et oncle Henri compte sur moi pour... »

Un second éclair, doublé d'un autre coup de tonnerre, lui coupa la parole.

Au même instant, une vague énorme se brisa sur un rocher voisin et éclaboussa le jeune garçon de façon magistrale.

Claude, Mick et Annie étaient trempés eux aussi. Là-dessus, une pluie diluvienne se mit à tomber. L'orage se déchaînait dans toute son effrayante splendeur.

« Vite ! Tous au canot ! hurla Mick. Avance donc, Claude ! »

Mais Claude, pétrifiée, ne bougeait pas. Elle regardait l'endroit où, quelque temps plus tôt, Mick avait mouillé l'ancre du *Saute-Moutons*. Le canot n'était plus là !

« Il... il a rompu son amarre ! bégaya Mick, sidéré.

— Impossible ! affirma Claude. L'ancre était bien attachée et la corde solide... Ce serait un nouveau coup de nos adversaires que cela ne m'étonnerait pas ! Ils ont dû surveiller de loin nos mouvements. J'aurais dû laisser Dag à bord pour garder le canot !

— Nous ne l'aurions peut-être pas entendu aboyer, tu sais !

— En tout cas, déclara François, il nous est désormais impossible de rentrer, tant par la mer que par la plage. Si nous tentions de nager parmi ces vagues furieuses, le courant aurait tôt fait de nous drosser sur les récifs alentour. Et le sentier qui longe le bas de la falaise est déjà recouvert d'eau.

— Il ne nous reste qu'une solution, dit Claude qui avait recouvré son calme. Retournons dans la grotte et refaisons surface en passant par le boyau souterrain.

— Dommage qu'il n'y ait pas d'autre moyen ! soupira Mick. Car si Leblond et Lebrun nous voient sortir de la citerne, ils comprendront alors que nous avons retrouvé la piste du trésor ! »

Annie risqua une suggestion :

« Nous pourrions peut-être attendre, dans le passage, que la mer soit redescendue..., dit-elle d'une voix angoissée.

— Tu rêves ! riposta Mick. Tu nous imagines grelottant pendant des heures avec nos vêtements mouillés !

— Ce boyau est notre seule chance ! soupira François, très alarmé. Il est même urgent de faire demi-tour. Si nous restons ici, nous risquons d'être assommés par les lames ! »

Les Cinq se hâtèrent donc de battre en retraite. Ils étaient consternés. Claude et François surtout ! La première ne décolérait pas d'avoir perdu son cher *Saute-Moutons,* et François se reprochait son manque de prudence. Mick et Annie, eux, songeaient qu'en sortant par la citerne ils risquaient de rencontrer l'adversaire et de le renseigner — bien involontairement ! — du même coup.

« Dépêchez-vous ! cria François dans le fracas de la tempête. Dépêchez-vous ! L'eau monte de plus en plus vite. Nous allons avoir tout juste le temps d'atteindre le boyau. Je me demande même si nous y parviendrons ! Encore une fois, c'est notre unique chance ! »

Si le grand garçon se montrait aussi inquiet, c'est qu'il avait ses raisons. Lorsque Claude avait découvert la grotte, celle-ci était vide et relativement sèche. L'intrépide fille avait pu descendre le long de la paroi rocheuse intérieure, aller jeter un coup d'œil sur la plage, puis regrimper tant bien que mal...

Aujourd'hui, la situation était différente : il

s'agissait de se hisser jusqu'à l'ouverture haut perchée en s'agrippant à des pierres mouillées et glissantes. Et il y avait pire : les flots agités battaient maintenant les parois de la grotte avec tant de violence que les enfants avaient peine à rester debout !

Une fois parvenus au-dessous de l'entrée du passage, François et Mick tentèrent en vain de faire la courte échelle. Les vagues détruisaient chaque fois leur fragile équilibre. À la fin, ils durent renoncer à atteindre l'orifice.

Ils avaient à présent de l'eau jusqu'à la poitrine. Annie, la plus petite, serait bientôt obligée de nager. Mais comment se maintenir à la surface de cette mer tumultueuse qui ne cessait d'envahir la grotte et de monter ?

« Nous ne nous en sortirons jamais ! murmura Mick, effrayé.

— Venez tous ! dit Claude. Gagnons le fond de la grotte, là où le sol se relève le plus. Nous pourrons y tenir un bon moment encore.

— Oui, mais après ? soupira François.

— Ensuite... nous verrons ! Parons au plus pressé ! »

Et, attrapant Dag qui s'épuisait à surnager et qu'une vague menaçait d'entraîner, la vaillante Claude se dirigea, non sans mal, vers l'endroit le plus reculé de la caverne. Le coin était particulièrement sombre. Or, l'eau de mer ayant noyé les piles des lampes électriques, les enfants n'avaient plus rien pour s'éclairer.

« Il n'y a aucune issue de ce côté, dit Mick.

Peut-être ferions-nous mieux de tenter une sortie vers la mer.

— Tu sais bien que ce serait une tentative sans espoir, répliqua tristement François qui aidait Annie à avancer. Les flots battent trop furieusement la côte pour que nous ayons une seule chance de ne pas être jetés sur les récifs.

— Avancez ! Avancez ! » jeta Claude d'une voix pressante.

Elle fermait la marche avec Dagobert qu'elle portait dans ses bras... Bientôt, les Cinq se trouvèrent arrêtés par la paroi du fond.

Maintenant, ils n'avaient plus dans l'eau que les pieds. Mais la marée continuait à monter...

François regarda désespérément autour de lui.

« Regardez ! dit-il soudain. Il y a là-haut une espèce de corniche taillée à même le roc. Si nous pouvions l'atteindre, cela nous donnerait au moins quelques instants de répit.

— Essayons toujours ! répliqua Claude. Ici, la paroi est à peine humide et nous pourrions grimper assez facilement. »

Mais un problème se posait. Comment hisser Dag ? Mick eut vite fait de trouver la solution. Une de ses manies était de transporter toujours sur lui un tas d'objets hétéroclites : canif, crayon, etc. Même quand il était en tenue de bain, il épinglait à l'intérieur de son slip une poche en plastique contenant son inséparable bric-à-brac.

Il tira de sa poche une longue ficelle, mince

mais résistante, dont il fixa une extrémité au collier de Dagobert.

« Quand nous serons là-haut, nous le hisserons ! déclara-t-il.

— Mais il va s'étrangler ! protesta Claude, inquiète.

— Il n'en aura pas le temps ! Disons qu'il passera quelques secondes pénibles, voilà tout ! Son sauvetage est à ce prix ! »

L'eau avançait. Les garçons et Annie commencèrent leur escalade. Les uns aidant l'autre, ils finirent par se retrouver en sécurité sur la corniche. Claude avait tenu à rester avec Dag pour l'élever à bout de bras quand Mick le hisserait.

« Courage, mon chien ! lui dit-elle quand l'instant fut venu. Ce sera vite fait !... Allez ! Vas-y, Mick ! »

Dag se retrouva en haut en un clin d'œil. Claude, agile comme un singe, eut tôt fait de rejoindre les autres.

Maintenant, les Cinq se tenaient le dos au mur, et regardaient la mer au-dessous d'eux.

« Dans combien de temps pensez-vous qu'elle nous atteindra ? demanda Annie d'une toute petite voix.

— Oh ! Elle ne montera peut-être pas jusqu'ici ! » répondit François, désireux de rassurer sa jeune sœur.

Mick et Claude regardèrent au-dessus d'eux, se demandant s'il ne serait pas possible de grimper encore plus haut... En ce moment précis, la pensée du trésor était loin d'eux. Ils ne songeaient plus qu'à leur salut.

Soudain, en se déplaçant sur l'étroite corniche, Claude faillit glisser. D'un geste machinal, elle se retint à un éperon rocheux qui faisait saillie à portée de sa main. Alors, à l'effarement de tous, l'éperon se déplaça... On entendit un bruit curieux... et tout un pan de roche, pivotant sur lui-même, démasqua une cavité en forme de porte, au-delà de laquelle s'ouvrait un trou noir.

Revenus de leur surprise, les enfants n'osaient comprendre ce que signifiait leur découverte. Le trésor... et leur liberté se trouvaient-ils au bout de ce nouveau souterrain ?

Hésitants, ils se consultèrent...

Chapitre 11

La grotte au trésor

« Entrons ! s'écria Mick. L'eau monte !

— Doucement ! dit François. Assurons-nous d'abord que l'on peut manœuvrer ce bloc pivotant de l'intérieur du boyau ! »

Mick entra donc seul. Après avoir un peu tâtonné, il trouva une pierre en saillie et put refermer l'orifice. Il rouvrit la porte et, tout joyeux, fit signe aux autres de le rejoindre. Puis, pour la seconde fois, il referma l'ouverture.

« Et maintenant, en route !

— Vous avez remarqué ? dit Claude. Non seulement on peut avancer aisément mais il ne fait pas sombre ici.

— Je crois, dit François, que cela vient des lichens phosphorescents qui tapissent les

murs... Attention où tu mets les pieds, Annie ! Gare aux éboulis ! »

En fait, la marche était assez facile. Très vite, les Cinq débouchèrent dans une seconde caverne, entièrement souterraine celle-ci, mais qui recevait le jour par des fissures pratiquées de biais dans la falaise et certainement insoupçonnables de l'extérieur.

Le sol de cette caverne, contrairement à celui de la première, était parfaitement horizontal. Et, au centre, les enfants, très émus, aperçurent un gros coffre blindé.

« Le dessin ! murmura Claude. Voici le coffre ! Et la ligne horizontal qui indiquait un plan uni !... Nous avons déchiffré en entier le cryptogramme !

— Et trouvé le trésor ! s'écria Mick, fou de joie. Il est dans le coffre, c'est évident ! »

Les jeunes détectives avaient peine à croire à leur chance. Ce fut presque avec timidité qu'ils s'approchèrent du coffre, rouillé mais imposant qui, ils n'en doutaient pas, contenait des richesses ayant appartenu aux Templiers et cachées là par le loyal seigneur de Roquépine.

« Ouvrons vite ! » souffla Annie.

Les ferrures étaient tellement rouillées qu'elles ne résistèrent pas aux vigoureux efforts des garçons et de Claude. Et, une fois le couvercle soulevé...

« Que c'est beau ! » murmura Annie, extasiée.

C'était beau, en effet. Émerveillés, les quatre

cousins contemplaient le contenu du coffre : pièces d'or et d'argent, gemmes multicolores qui jetaient mille feux, vaisselle d'or, objets d'argent et d'or finement ciselés, miroirs sertis de pierres précieuses, bijoux de toute sorte... Leurs yeux éblouis n'arrivaient pas à se lasser d'un tel spectacle. Leurs doigts caressaient, presque avec respect, ces témoins à peine ternis d'un passé à la fois tragique et glorieux.

« Ainsi, nous avons bien retrouvé le trésor ! » dit François.

Et, soudain, ce fut une explosion de joie générale. Les enfants se mirent à sauter, danser, chanter, tandis que Dag, très excité, sautait lui aussi en aboyant.

« M. Legallet va être riche !

— C'est Véronique et Thierry qui vont être contents !

— Et Leblond et Lebrun ! Ils vont en faire, une tête !

— Vivement que nous puissions sortir d'ici ! »

Quand la joie se fut un peu calmée, François en revint aux questions pratiques.

« En attendant, nous sommes condamnés à rester ici jusqu'à ce que la marée soit basse et le sentier de la plage à nouveau praticable.

— Bah ! riposta Claude, nous passerons le temps en faisant l'inventaire du trésor.

— L'ennuyeux, soupira Annie dont le bon petit cœur s'attristait, c'est qu'oncle

Henri et tante Cécile doivent déjà s'inquiéter de notre absence et nous chercher partout.

— Nous ne pouvons pas l'empêcher, dit Mick, philosophe. Prenons donc notre mal en patience. »

*
* *

Lorsque, après avoir refermé l'entrée de la cachette au trésor, les jeunes détectives purent enfin regagner la plage, l'orage était terminé depuis longtemps et l'après-midi déjà fort avancé... Ils se mirent courageusement en route en dépit de leur fatigue et, après avoir suivi quelque temps le sentier du bas de la falaise, aperçurent de loin un groupe de gens qui s'agitaient autour d'un canot...

« Mais, s'écria Claude qui avait de bons yeux, on dirait mon *Saute-Moutons* ! »

Les enfants se mirent à courir. Comme ils approchaient du groupe, ils reconnurent la haute silhouette de M. Dorsel, en train de discuter avec un homme-grenouille. Il y avait également là le brigadier de gendarmerie de Kernach et deux gendarmes.

« Papa ! Papa ! cria Claude. C'est nous ! »

M. Dorsel se retourna et aperçut les Cinq. Il pâlit, rougit, puis tendit les bras. Les quatre cousins lui sautèrent au cou.

« Ah ! mes enfants ! fit-il. Vous aviez disparu. Nous vous pensions noyés. Ton canot, Claude, a été trouvé voguant à la dérive... Tout le monde vous a cherchés en vain...

— Et nous sommes bien contents de vous retrouver sains et saufs ! ajouta le brigadier, épanoui. Mais que vous est-il arrivé, mes petits ? »

Sans répondre, Claude courut au *Saute-Moutons*, suivit la portion de corde — un solide filin de nylon orange — qui restait attachée à l'avant du canot, et l'examina de près.

« Regardez ! dit-elle alors à son père et au brigadier. Vous ne l'aviez sans doute pas remarqué, mais cette corde a été tranchée, ou plutôt cisaillée avec un couteau. Quelqu'un, sachant que nous étions à terre, dans une grotte, nous a volontairement privés de notre embarcation ! »

Le brigadier leva les bras au ciel.

« Ce... ce n'est pas possible ! bégaya-t-il. Personne ne songerait à jouer un tour pareil...

— Personne ? répéta Mick. Si fait ! Deux personnes même ! MM. Frijou et Leleur, les pensionnaires de M. Legallet.

— Mais... pourquoi ? demanda à son tour M. Dorsel.

— Parce que, expliqua Claude, nous étions, eux et nous, à la recherche du trésor de Roquépine et qu'ils voulaient nous empêcher de le découvrir.

— Mais ce trésor n'existe pas ! lança l'un des gendarmes. Ce n'est qu'une légende !

— Pas du tout ! déclara Annie de sa voix

douce. Il existe bel et bien. La preuve... c'est que nous l'avons retrouvé ! »

Alors, au milieu des exclamations générales, les jeunes détectives firent un bref résumé de leur incroyable aventure. Bref... car M. Dorsel les poussait déjà dans sa voiture :

« Rentrons vite à la maison pour rassurer ta mère, Claude ! Suivez-nous, messieurs ! Il nous faut tirer tout cela au clair. »

Le retour aux *Mouettes* fut rapide. En revoyant sa fille et ses neveux et nièce sains et saufs, Mme Dorsel crut devenir folle de joie. Elle avait été si près de les croire perdus ! Les enfants, réchauffés par une bonne douche, enfilèrent des vêtements secs et, tout en faisant honneur au copieux goûter que leur servit Maria, fournirent les détails de leur odyssée.

« Il va falloir, jeunes gens, dit le brigadier, que vous nous conduisiez à cette cache de la falaise. Il est urgent que nous mettions légalement le trésor à l'abri en attendant qu'il soit réparti entre son propriétaire et vous autres qui êtes ses "inventeurs", selon le terme consacré.

— Son propriétaire, c'est M. Legallet ! rappela François. Le trésor se trouve enfoui dans le sous-sol de son domaine, puisqu'il possède tous les terrains en bordure de cette partie de la falaise. »

Claude intervint.

« Il y a une chose qui semble plus pressée que d'aller chercher le trésor, expliqua-t-elle.

C'est d'arrêter Leblond et Leb... je veux dire Frijou et Leleur. Ce sont des misérables.

— Certainement ! s'écria Mick. Et ils méritent une punition exemplaire. »

Le brigadier se gratta la tête.

« Hum ! dit-il. D'après ce que vous m'avez raconté, il n'y a contre eux que des présomptions mais pas l'ombre d'une preuve.

— On peut toujours les interroger ! suggéra Annie avec une hardiesse qui ne lui était guère habituelle.

— Après tout, pourquoi pas ? dit le brigadier en souriant à la petite fille. Répondre à quelques questions ne leur fera pas de mal. On peut toujours prétexter une vérification d'identité. C'est une idée, ça !... Je vais tout de suite aux *Hautes-Roches*.

— Pouvons-nous vous accompagner ? demanda François.

— Eh bien... Je ne peux pas vous interdire d'aller là-bas en même temps que nous, n'est-ce pas ? »

M. Dorsel tenait, lui aussi, à faire la connaissance des hommes que les enfants accusaient si formellement. Il invita donc les Cinq à monter dans sa voiture qui démarra derrière celle des gendarmes.

Au moment où la petite troupe arrivait à la ferme, Frijou et Leleur en sortaient... À la vue des gendarmes, les deux hommes jetèrent des coups d'œil affolés autour d'eux. Cela intrigua le brigadier qui, d'emblée, leur demanda leurs papiers.

« Heu..., dit Leleur, alias Lebrun. Nous ne les avons pas sur nous. Je... je vais les chercher... »

Les deux compères firent mine de s'éclipser, là-dessus. Mais Dag ne l'entendait pas ainsi...

Chapitre 12

Dagobert
a le dernier mot

En retrouvant sur son chemin les hommes qui l'avaient si fort maltraité, le chien avait tout de suite cherché à leur sauter dessus. Claude, tout en l'approuvant secrètement, s'évertuait à le retenir. Soudain, il lui échappa et bondit sur « Leblond », le plus proche de lui.

Mais l'homme était grand et Dag, qui visait sa gorge, calcula mal son coup : ses mâchoires se refermèrent sur la poche de poitrine de son blouson de toile. Les crocs du chien, tirant sur l'étoffe, la déchirèrent : un flot de papiers se répandit aux pieds du brigadier qui se baissa pour les ramasser.

À peine y eut-il jeté un coup d'œil qu'il fit un signe à ses subordonnés. Ceux-ci encadrèrent les deux hommes.

« Ah, ah ! mes gaillards ! On voulait filer.

C'est donc qu'on n'a pas la conscience tranquille ! Vous disiez vous appeler Frijou et Leleur !... Or, les papiers que voici prouvent que Frijou n'est pas votre vrai nom... Voyons ceux de votre camarade ! »

Il tendit la main : un des gendarmes lui passa les papiers qu'il venait d'extraire de la poche de « Lebrun ».

« Ah, ah ! répéta le brigadier. Et vous non plus, vous ne vous appelez pas Leleur ! En revanche, les noms que je lis ici correspondent à ceux que nous signale certaine circulaire reçue à la gendarmerie aujourd'hui même, et vous dénonçant comme des escrocs recherchés par la police. En prison, mes gaillards ! »

Mick ne put s'empêcher de s'écrier :

« Je savais bien que c'étaient des bandits !

— Et dangereux, encore ! renchérit Claude. Ce n'est pas leur faute si nous sommes encore vivants ! »

Et elle formula nettement ce dont elle les accusait.

« Cette gamine est folle ! s'écria Lebrun en jouant l'indignation. Nous ! Détacher le câble de son ancre ! Quelle sottise ! Et nous n'étions même pas au courant de ce cryptogramme dont elle parle !

— Ah ! Vraiment ? dit le brigadier en agitant un des feuillets qu'il avait ramassés. Alors, comment se fait-il que j'en trouve une copie parmi vos papiers ?

— En tout cas, nous ne sommes pour rien dans le sabotage du canot ! »

Mais il était dit que ce mensonge-là serait réfuté comme les autres... Dag, à force de gigoter, venait d'échapper de nouveau à Claude. En le voyant s'élancer vers lui, Lebrun tira vivement un couteau de sa poche et l'ouvrit :

« Si ce chien m'attaque, je le tue ! »

Claude n'eut que le temps de crier « Dag ! Arrête ! »... Le chien obéit... juste à temps ! Alors, Claude poussa un cri de victoire. Elle venait de remarquer quelque chose...

« Son couteau, brigadier ! Regardez-le de près ! » s'écria-t-elle.

Le brigadier arracha son arme à Lebrun.

« Regardez ! répéta Claude. C'est un couteau pliant. Voyez-vous ce brin de nylon orange pris dans l'articulation de la lame ? C'est un fil arraché à mon cordon d'ancre. N'est-ce pas une preuve, cela ? »

Perdant la tête, Lebrun avoua... Le compte des deux gredins était bon. Les gendarmes les emmenèrent...

Pendant ce temps, la famille Legallet, mise au courant de la fortune qui lui arrivait si à propos, ne savait que faire pour exprimer aux Cinq sa reconnaissance. Thierry et Véronique étaient aux anges !

Le retour aux *Mouettes* fut triomphal. Mme Dorsel applaudit vivement à l'heureux dénouement du « mystère de Roquépine » et félicita de tout cœur les enfants.

« Mais sais-tu le plus drôle, maman ? s'écria Claude en conclusion. Ces deux hommes que j'avais baptisés Leblond et Lebrun... Eh bien, l'un d'eux s'appelait bien réellement Leblond.

— Et c'était le brun ! » acheva Mick dans un éclat de rire.

Table

Dans la même collection...

Mademoiselle Wiz,
une sorcière particulière.

Mini, une petite fille
pleine de vie !

Fantômette,
l'intrépide
justicière.

Avec le Club des Cinq,
l'aventure est toujours
au rendez-vous.

Kiatovski,
le détective en baskets
qui résout
toutes les enquêtes.

Dagobert,
le petit roi
qui fait tout à l'envers.

Rosy et Georges-Albert,
le duo de choc
de l'Hôtel Bordemer.

Avec Zoé,
le cauchemar devient
parfois réalité.

Composition *Jouve* – 53100 Mayenne

Imprimé en France par *Partenaires-Livres* ®
N° dépôt légal : 11753 – mai 2001
20.20.0298.03/8 ISBN : 2.01.200298.6